KB170693

시험이
사라진
학교

시험이
사라진
학교

소향 김이환 윤자영 정명섭

마름모

차 례

나의
유토피아
방문기

파라파…… 레파도…… 도#, 솔#, 라미……

조용한 4교시 도덕 시간. 장진호가 목으로 내는 '음음' 소리가 언제나처럼 눈앞에 악보로 그려졌다. 장진호는 뭔가에 집중하거나 불안할 때 꼭 저런 소리를 낸다. 커다란 덩치를 접고 늘 웅크려 있어 곰을 연상시키는 장진호는 틈만 나면 작은 스케치북에 자동차를 그려댔다. 보나 마나 지금도 선생님 몰래 자동차를 그리는 게 틀림없다. 놀라운 솜씨인 건 인정. 하지만 차라리 애들이 욕하는 소리가 낫지 간헐적이고 예측 불가한 저 소리는 정말이지 너무 괴롭다. 그러나 그만두게 할 뾰족한 방법은 없다. 예전에 스케치북을 뺏은 애를 흠씬 때려눕힌 뒤로는 아무도 장진호를 건드리지 않는다. 조용한 줄만 알았는데 폭발하면 무섭다는 걸 그때 다들 알았으니까.

힐끗 주위를 둘러보니 조는 애들이 반은 되는 듯했다. 귀를 막을 수도 없고, 거세게 짜증이 몰려와 창밖으로 고개를 돌려버렸다. 1학기 기말고사를 하루 앞둔 여름의 초록이 쨍하게 눈에 들어와 박혔다.

파#~~~~~~ 파~~~~~~ 미~~~~~~

장진호가 내는 소리가 드디어 멈추나 싶은 순간, 요란한 제트기 소리가 온몸을 덮칠 듯 몰려오다가 멀어지더니 아무 일 없었다는 듯 빠르게 소멸했다. 크기만 컸지 음의 변화가 거의 없는 단조로운 소리다.

나는 어릴 때부터 세상의 모든 소리가 눈앞에 악보로 그려졌고 그건 숨 쉬는 것만큼이나 자연스러운 일이었다. 새가 지저귀는 소리, 길고양이가 우는 소리, 자동차 경적 소리, 호들갑스러운 친구의 웃음소리까지. 모든 곡의 조성을 본능적으로 알고, 모든 소리의 음계를 맞힐 수 있다. '도레미파솔라시도'뿐만 아니라 반음 그리고 반음의 반음까지. 나는 절대음감을 갖고 있다.

나에게 작곡이란 소리라는 장난감을 갖고 노는 놀이다. 만드는 곡 중 상당수를 그냥 흘려버리지만 그중 꽤 좋다고 생각되는 건 미디 프로그램에 저장해놓았다.

작곡과에 갈 거냐 묻는다면, 그건 아니다. 그러려면 피아노 연주도 수준급이어야 하는데 그 정도는 못 된다. 초등학교 때 몇 년 배우고 그 후로는 계속 영어와 수학 학원만 다녔으니까.

내가 곡을 만들어 보여줄 때마다 아빠는 칭찬을 아끼지 않았다. 그러면서도 연구원이나 의사가 돼서 작곡까지 잘하면 그게 더 멋지지 않겠냐고, 작곡만 하기엔 나의 수학적 재능이 아깝다는 말을 꼭 덧붙였다. 듣다보니 아빠 말이 맞는 것 같기도 했다.

중학교에 입학한 뒤 나는 자의 반 타의 반 본격적으로 특목고 입시 준비를 시작했다. 자연히 나만의 시간은 점점 줄어들었다. 그런 시간이 아쉽거나 공부가 버거울 때도 많았다. 하지만 그럴 때마다 멋진 미래를 위해 현재를 조금 희생하는 건 어쩔 수 없다며 나 자신을 다독였다. 작곡은 엄마 아빠 말대로 좋은 대학에 가고 나서 취미로 하면 되겠지, 생각하면서.

"함지원!"

"네?"

도덕 선생님의 부름에 깜짝 놀라 나도 모르게 조금 큰 소리로 대답했다.

"뭘 그렇게 쳐다보냐. 창밖에 잘생긴 남학생이라도 지나가냐?"

"아니에요……"

수업 시간에 딴생각하는 애들에게 도덕 선생님은 매번 똑같은 말을 농담이랍시고 건네며 주의를 집중시켰다. 그게 끝일 줄 알았는데 도덕 선생님이 또다시 물었다.

"지원이 너는 유토피아가 있다고 생각하니?"

"네? 글쎄요."

"그렇지. 그렇게 멍때리고 있으니 들었을 리가 없지."

선생님이 고개를 몇 번 젓고는 말을 이었다.

"아까 말한 대로 유토피아는 1516년에 쓰인 토머스 모어의 소설 제목이다. 원래 유토피아는 그리스어로 '아니다 또는 없다'를 뜻하는 '우(ou)'와 장소를 뜻하는 '토포스(topos)'가 합쳐진 단어로 존재하지 않는 장소를 의미해. 소설 속에서는 사유재산이 없는 이상적인 공산사회로 묘사되고 있지만, 현대에 와서는 이상향을 의미하는 단어가 되었지. 그러므로 이상향은 이 세상에 존재하지 않는 장소, 즉 어디에도 존재하지 않는 이상의 나라인 것이다. 하지만 유토피아를 꿈꿔볼 수는 있을 거야. 아마 각자 꿈꾸는 유토피아가 있겠지?"

도덕 선생님의 말을 듣고 생각했다. 나에게 유토피아란 어디일까. 혹시…… 윤후가 있는 곳일까? 변한 윤후 말고

예전의 윤후가 있는 곳. 둘이 있으면 모든 걱정은 뒤로하고 음악에만 열중했던 날들. 그렇다면 유토피아는 존재하지 않는 장소가 맞다. 윤후가 지금 어디 있는지, 나는 모르니까.

작년, 2학년 첫 중간고사를 치르고 난 어느 봄날이었다. 수업을 마치고 중앙 현관을 나서는데 문득 멋진 악상이 떠올랐다. 그날은 바로 학원에 가야 하는 날이었다. 학원에 늦으면 복습 테스트를 보지 못하고, 그러면 끝나고 더 오래 남아야 한다. 그렇지만 악상이 떠오를 때 오선지에 그려두지 않으면 머릿속을 뛰놀던 곡은 도망치듯 희미하게 사라지고 만다. 어떡할까 고민하다 학교 구석에 있는 이끼 낀 시멘트 벤치에 앉아 노트를 꺼내 들었다. 바쁘게 손을 놀리며 한창 악보 적기에 몰두하고 있을 때였다. 누군가 머리 위에서 속삭였다.

"정말 멋진 곡이네."

같은 반 윤후였다. 윤후는 눈에 띄지 않는 아이였다. 공부도 그다지 잘하지 못했고, 워낙 별다른 특징이 없는 애라 순간 애 이름이 뭐였더라 했을 정도였다.

"악보 읽을 줄 알아?"

"그럼. 나도 곡 만들거든. 네가 허락해준다면 한번 연주

해보고 싶은데."

　나는 잠시 망설이다 악보를 마저 완성한 뒤 사진을 찍게
해주었다.

　그날 저녁, 윤후에게서 톡이 왔다. 피아노로 내 곡을 연주
하는 동영상이었다.

　윤후의 연주는 순식간에 몰입될 만큼 독특한 순수함이 가
득했고 아름다웠다. 그리고…… 미디 프로그램이 아닌 사람
이 내 곡을 연주하는 데서 밀려오는 감동이 심장을 파르르
떨리게 했다. 그 뒤로 우리는 종종 서로의 악보를 교환했다.

　윤후와의 시간이 날이 갈수록 즐거워졌다. 서로의 음악을
이야기할 때 나는 모든 걸 잊을 수 있었다. 서툰 친구 관계
에서 오는 피로감, 특목고 입시 학원의 나보다 뛰어난 아이
들, 점점 떨어지는 학원 성적, 그럴 때마다 들려오는 부모님
의 한숨 소리까지.

　나는 윤후와 더 많은 얘기를 나누고 싶어서 시간을 쪼개
계속 곡을 만들었다. 가끔 우리는 여덟 마디씩 번갈아 하나
의 완성곡을 만드는 릴레이 작곡을 하기도 했다. 쉬는 시간
에 릴레이 악보를 교환할 때는 눈빛만으로도 서로의 감정을
느낄 수 있었다. 릴레이 작곡은 비밀을 약속할 때 거는 새끼
손가락처럼 우리 사이를 특별하게 만들어주었다.

아무에게도 말할 수는 없었지만, 나는 윤후를 좋아하게 되었다. 그리고 윤후도 그렇다는 걸 알았다.

그런데 2학년 기말고사를 일주일 정도 앞둔 작년 어느 날, 윤후가 갑자기 변했다. 사춘기로 성격이 변하는 그런 것이 아니었다. 껍데기만 윤후일 뿐, 말 그대로 다른 사람이 된 것 같았다. 하룻밤 사이에 지킬 박사가 하이드로 변한 것처럼.

한동안 얼이 빠진 듯 멍하던 윤후의 지각과 결석이 잦아졌다. 수업 시간에 갑자기 벌떡 일어나더니 복도로 나가버리기도 했다. 심지어 기말고사 마지막 날에는 1교시만 응시하고 조퇴했다. 내가 말을 걸어도 대답은커녕 쳐다보지도 않았다. 손톱을 물어뜯고 항상 초조한 표정을 짓던 윤후는 어느 날부터 학교에 나오지 않았다.

"윤후 전학 갔대."

"그게 아니고 유학 갔다던데?"

"어휴, 다 아니야. 실은 학원 건물에서 뛰어내려 크게 다쳤대. 윤후네 부모님 둘 다 변호사고 형도 로스쿨 다니는데 윤후만 공부 못한다고 집에서 구박 많이 받았다더라고. 참, 이거 우리 엄마가 말하지 말랬는데."

이런저런 소문이 아이들 사이에서 돌고 돌았다.

방학식 날 담임 선생님에게 윤후의 행방을 물었다. 그러나 선생님은 모호한 표정을 지으며 아무 말도 하지 않았다. 아무리 톡을 보내도 윤후는 답이 없었다. 도대체 어디에 있냐고, 내가 너에게 겨우 이 정도였냐고, 얼굴을 맞대고 따지고 싶어 가슴이 터져버릴 것 같았다.

윤후는 그렇게 사라졌다.

수업을 마치고 다은이와 온유와 함께 길을 걸었다. 온통 내일부터 시작되는 기말고사 얘기뿐이었다. 다은이는 이번에 공부를 많이 못 해서 걱정이라는 말을 한참이나 늘어놓다가 문득 생각났다는 듯 나에게 물었다.

"지원이 너는 공부 많이 했지?"

"아니야. 많이 못 했어."

"맨날 그렇게 말하면서 시험은 꼭 잘 보더라."

순간 무슨 잘못이라도 한 것처럼 괜히 움츠러드는 기분이었다. 다은이가 은근한 목소리로 다시 물었다.

"지원이 너 과학고 지원할 거지? 말해놓고 보니 웃기다. 지원이가 과학고에 지원하다!"

"잘 모르겠어."

"그래? 그럼 이번 기말 못 봐도 상관없겠네? 아! 좋겠다.

부러워.”

시험 망하라고 대놓고 비는 건가? 저절로 미간이 찌푸려졌다. 내가 기분이 상했다는 걸 아는지 모르는지 다은이는 계속 떠들어댔다.

“과고 쓸 때 1단계는 3학년 1학기 성적까지 들어가는 거 맞나? 엄마가 갑자기 원서 쓰라고 해서 나 이번 시험 못 보면 엄마한테 죽게 생겼어. 준비도 안 했는데 갑자기 웬 과고? 정말 엄마 때문에 못 살겠다니까?”

말은 그렇게 하지만 다은이가 지난 겨울방학부터 소규모 학원에서 과학고 입시를 준비했다는 걸 알고 있다. 만약 내가 외고에 가려 했다면, 외고 입학을 준비했을지도 모른다. 다은이는 항상 나를 의식하며 은근히 경쟁하려 들었으니까.

“아니다. 우리 둘 다 붙어서 고등학교 같이 가면 좋겠다. 그치, 함지원?”

“어? 그렇지. 서로 의지할 수 있고. 우리 둘 다 합격하면 좋겠다.”

나는 어색한 웃음을 지으며 마음에도 없는 소리를 했다.

“진심이지? 나는 나만 그렇게 생각하는 줄 알았어.”

다은이의 의미심장한 말에 분위기가 차가워지려는 순간, 온유가 우리 둘 팔짱을 꽉 끼며 장난스럽게 끼어들었다.

"뭐래, 뭐래. 나만 두고 어딜 가려고? 과고는 무슨. 우리 셋 다 같이 성인여고 가야지."

그랬다. 다행히 나에겐 온유가 있다. 온유는 이름처럼 부드럽고, 따뜻하고, 너그러운 아이였다. 그리고 묘하게 겉도는 나와 다은이 사이를 부드럽게 만들어주었다. 온유가 없었다면 나는 결코 다은이와 친구가 되지 못했을 것이다. 온유와 둘이서만 다니고 싶었지만, 온유와 다은이는 초등학교 때부터 이미 절친이었다. 너무 다른 둘이 어떻게 그리 친한지 도통 이해가 되지 않았지만.

학원을 마치고 집에 와보니 아빠가 거실 책상에서 노트북으로 일을 보고 있었다. 고등학교 수학 선생님인 아빠는 학교 일 말고도 수학 문제집 만드는 일도 했다. 학기 말이라 바쁜데 출판사 마감이 얼마 남지 않았다며 요샌 좀처럼 책상에서 떠나지 못하고 있다.

"학교 다녀왔습니다."

"지원이 왔니?"

아빠가 깍지 낀 손으로 뒷목을 누르며 맞아주었다. 고단해 보이는 얼굴에 과로의 흔적이 덕지덕지 묻어 있었다. 나는 가방을 내려놓고 아빠에게 다가갔다.

"엄마는?"

"뭐 살 거 있다고 잠깐 나갔어. 시험공부는 많이 했어?"

"그럭저럭."

"그럭저럭하면 어떻게 해. 많이 했어야지. 아빠 봐. 공부 열심히 해서 좋은 대학 나오니까 안정된 직장에 출판사에서 의뢰도 들어오잖아. 아빠 혼자 버는데 이렇게 집도 사고 너희들도 부족함 없이 가르치고."

아빠가 늘 하던 말을 또다시 재생했다. 부자가 아닌 사람들에게 가장 큰 기회는 바로 공부다, 시험과 자격증만큼 공정한 건 이 세상에 없다, 오로지 개인의 노력으로 성취할 수 있지 않냐, 지금이 옛날처럼 신분 사회였어봐라, 능력이 있어도 펼쳐보지도 못하고 죽은 사람이 태반이다, 그러니 공부할 수 있다는 게 얼마나 소중한 기회인지 깨달아야 한다.

아빠 말에 어느 정도 동의하긴 하지만, 같은 말을 계속 듣는 건 몹시 피곤한 일이었다. 아빠는 내가 가장 듣기 싫어하는 말로 잔소리를 매조지었다.

"이번 시험 중요하잖아. 알지?"

"그럼 중요하지 않은 시험도 있어?"

발끈해서 목소리에 날이 섰다. 아빠가 나를 빤히 바라보며 말했다.

"공부하기 힘들어서 그래? 모르는 거 있으면 아빠한테 물어보면 되잖아. 오빠도 있고. 얼마나 좋은 환경이니?"

나는 대답하지 않고 방으로 들어가버렸다. 책상과 침대, 옷장만으로도 꽉 차는 방이 오늘따라 답답하게 느껴졌다.

우리 집은 재건축을 바라보는 오래된 아파트다. 구조도 불편하고 안방과 오빠 방, 내 방을 빼면 남는 방이 없어 아빠는 거실의 커다란 책상에 책을 잔뜩 쌓아놓고 일했다. 그러다보니 집이 더 좁게 느껴졌고 늘 걸리적거렸다.

영어 수행과제를 하려고 온유네 집에 간 적이 있다. 온유네 집은 새 아파트인 데다 아주 넓었다. 그냥 넓기만 한 게 아니라 복층 구조라 27층과 꼭대기인 28층, 두 개 층이 모두 온유네 집이었다. 방이 일곱 개에 조명은 은은하고 가구는 화려하면서도 고급스러웠다.

온유는 외동아인데 꼭대기 층 방을 두 개나 쓰고 있었다. 거실 유리문을 열고 나가니 잘 가꿔진 옥상 정원이 있고, 도시의 경치가 한눈에 들어왔다. 온유네 집이 부자라는 걸 짐작하고는 있었지만, 이 정도인 줄은 몰랐다. 온유가 영어 말고는 딱히 공부에 관심이 없는 이유가 집이 부자라서 그랬구나 하는 생각이 슬며시 들었다. 영어를 잘하는 것도 초등학교 때 미국에서 몇 년 살다 와서 잘하는 거지 노력한 것은 아니었다.

　예쁘고 무척 젊어 보이는 온유 엄마가 달지 않고 촉촉한 케이크와 보기 좋게 손질된 과일을 내왔다. 온유 엄마의 외모보다 더 인상적인 건 태어나 한 번도 화를 내본 적이 없는 것 같은 표정이었다. 그 부드러운 표정을 보니 부모님이 공부 압박을 거의 하지 않는다고 했던 온유의 말이 떠올랐다.

　영어 수행과제가 진로와 관련된 것이어서 온유에게 앞으로 무얼 하고 싶고 대학은 무슨 과에 가고 싶냐고 물었다.

　"어느 대학에 가느냐보다 중요한 건 행복하게 사는 거잖아. 전공은 천천히 생각해보려고. 수행이라도 난 그냥 솔직하게 적을래."

　다은이가 그렇게 말했으면 내숭이라고 생각했겠지만, 온유는 그런 애가 아니었다. 온유는 이런 말도 덧붙였다.

　"이런 수행 진짜 하기 싫지 않아? 왜 학교에서는 맨날 진로를 정하라고 하는지 모르겠어. 꼭 그걸 중고등학교 때 정해야 해? 마흔 살 넘어 직업 바꾸는 사람도 많다던데."

　"그렇지. 그래도 마냥 놀기만 하면 안 될 것 같아. 어떤 식으로든 노력은 해야 하지 않을까? 미래를 위해서. 노력에는 보상이 따르잖아."

　내 대답에 온유가 귀엽게 눈을 흘기며 말했다.

"아, 진짜. 범생이 아니랄까봐."

그날 나는 부러워하는 게 티 날까 싶어 온유네 현관을 나설 때까지 말과 행동을 조심했다.

집에 가면서 학원 벽에 붙은 성적표를 떠올렸다. 입시 학원에서는 매주 시험을 보고 20등까지 명단을 게시했다. 이름 가운데 글자를 가리긴 했지만, 누군지 모를 수가 없었다.

'요즘은 좀 뜸해도 나는 자주 상위권에 들었잖아. 온유는 우리 학원 들어오지도 못할 텐데……'

온유를 좋아하지만, 유치하다는 걸 알지만, 그날은 일부러라도 이렇게 생각했다. 그게 위로가 되었으니까. 그리고 특목고에 꼭 가야겠다고 다시금 마음먹었다. 뛰어난 애라는 걸 공인받고 싶었다.

게다가 특목고에 가면 나를 피곤하게 하는 것들로부터 벗어날 수 있다. 기숙사에 가면 아빠의 잔소리를 더는 듣지 않아도 되고 다은이와도 자연스럽게 멀어질 수 있다.

과학고에 붙는 건 쉬운 일이 아니고 다은이는 나보다 수학, 과학을 잘하지 못한다. 나는 우리 반에서, 아니 3학년 전체에서 손에 꼽힐 정도로 수학과 과학을 잘하니까 내가 붙지 못하는데 고다은이 붙을 리가 없다. 하지만 과학고에 합격하지 못하면 다은이와 함께 동네 여고에 갈 확률이 높아진다. 그러니 어떻게든 과학고에 가야만 한다. 집에서 그리고 고다은에게서 멀어지려면.

날이 밝았다. 기말고사 첫날 2교시, 수학 시험 시간이었다. 수포자라 엎드려 잘지언정, 절대 큰 소리를 내면 안 된다는 암묵의 약속이 교실을 꾹 누르는 시간이다. 사각사각 샤프심이 종이 위로 스치는 소리와 바스락 시험지를 뒤집는 소리만 들렸다. 나는 칠판을 바라보았다.

기말고사 시간표

1교시 역사 08:50 ~ 09:35

2교시 수학 09:45 ~ 10:30

재적: 28명, 응시: 28명, 결시: 0명

시계로 고개를 돌렸다. 관자놀이가 찌릿하고 심장이 격렬하게 두근거렸다. 이런 적은 처음이라 더 당황스러웠다. 겨우 6분 남았는데 남은 문제가 네 개나 되었다. 오늘따라 이상하리만치 문제가 풀리지 않았다. 한 번 당황하니까 손이 마구 떨리고 눈앞이 하얘졌다. 고등학교 수학 과정을 두 번이나 공부한 나다. 그런데 겨우 중학교 3학년 내신 문제를 놓고 쩔쩔매다니.

종소리가 울리고 시험 감독하러 온 엄마들이 시험지를 걷어 갔다. 망했다는 걸 온몸으로 느꼈다. 다른 아이들도 모두 울상이긴 했지만 그건 내 알 바 아니다. 과학고에 가야 하는데 수학을 망친 것이다. 특목고 입시에 학교 내신이 들어가는 걸 알면서 선생님들은 꼭 이렇게 문제를 내야만 했을까? 펑펑 울고 싶었다.

친구들에게 인사도 하지 않고 체육관 2층에 있는 여교사 화장실로 달려갔다. 오래된 건물이라 낡아서 사람들의 출입이 거의 없는 그곳으로, 나는 답답할 때마다 달려가곤 했다.

맨 끝 칸에 들어가 실컷 울고 나니 좀 진정이 되는 것 같았다. 찬물로 세수하고 나서 반투명 유리 출입문을 밀고 나가려 할 때였다.

갑자기 출입문이 벌컥 안쪽으로 밀려 들어왔다. 누군가 문을 확 밀고 들어온 것이다. 좀처럼 사람이 들지 않는 이곳에 이렇게 황급히 들어오는 애는 누굴까? 하마터면 다칠 뻔한 상황에서도 순간 내 아지트를 공유하는 그 애가 궁금했다.

그런데 그 애의 얼굴을 보기도 전이었다. 갑자기 몹시 어지러웠다. 세상이 뱅글뱅글 도는 것 같았다. 얼마나 어지러 운지 휘청하고 쓰러질 뻔했다. 그리고 그 순간, 놀라운 일이 일어났다. 딱딱한 유리 출입문이 말랑말랑해진 것이다. 문에 손을 짚고 체중을 실어 밀던 나는 젤리처럼 말랑해진 유리문을 쓱 통과했다. 마치 푹신한 이불 더미에 몸이 파묻히 듯이.

놀랄 틈도 없었다. 믿어지지 않겠지만 분명 그랬다. 뒤돌아보니 유리문은 다시 원래 모습대로 돌아왔다. 유리문을 손으로 쓰다듬었다. 딱딱하고 차가운 보통의 유리문이었다.

조금 전 그건 뭐였지? 꿈인가? 환상인가? 아니면 공황장애? 헷갈렸다. 시험에 너무 신경을 썼나 생각하며 나는 발을 질질 끌면서 집으로 향했다.

엄마, 아빠가 시험 잘 봤냐고 물어보면 뭐라고 대답해야 할까 걱정하며 무거운 마음으로 현관문을 열었다. 그런데 이상하리만치 엄마, 아빠는 아무 말을 하지 않았다. 이럴 리가 없는데 시험 얘기는 꺼내지도 않았다. 작전을 바꾼 건지 계속 웃기만 하는 엄마와 아빠를 보니 오히려 불안해졌다. 방문을 잠그고 가방에서 과학 문제집을 꺼내 공부했다. 남은 과학 시험이라도 무조건 잘 봐야 하니까.

다음 날 일찍 학교에 갔다. 그런데 교실에 들어가기 전부터 느낌이 뭔가 싸했다. 분명 우리 반이 맞는데 온몸의 촉이 여긴 우리 반이 아니라고 소리치고 있었다. 가만히 둘러보니 이상한 게 한두 개가 아니었다.

일단 칠판에 시험 시간표가 적혀 있지 않았다. 선생님이 늦게 오시나 했는데 칠판 옆 게시판에 붙은 시간표도 달랐다. 월요일부터 금요일까지 1교시만 국, 영, 수, 과, 사를 한 시간씩 배우고 2교시부터 6교시까지는 모두 '진로'나 '독서', '개인 시간'으로 채워져 있었다. 진로나 독서는 그렇다 치고 개인 시간이라니. 어안이 벙벙한데 다은이가 다가와 살갑게 말을 걸었다.

"지원아, 어제 얘기한 곡 다 완성했어?"

나는 의아한 표정으로 물었다.

"무슨 곡?"

"끝장나는 곡 만들었다고 기대하라며."

이게 무슨 일인지. 나는 다은이에게 작곡을 한다고 말한 적이 없다. 그건 온유에게조차 말하지 않았다. 오로지 윤후만 아는 사실이다. 그런데 다은이가 어떻게 아는 걸까? 의아했다. 그런데 내 입에서는 그보다 더 궁금한 것이 먼저 튀어나왔다.

"너 어제 수학 시험…… 잘 봤어?"

내 말에 다은이가 눈을 동그랗게 뜨며 되물었다.

"시험이라니?"

화가 나려 했다. 아무리 고다은이 내숭쟁이라 해도 이렇게까지 나올 줄은 몰랐다.

그때였다. 화를 참으려 입술을 질끈 깨무는 순간, 도저히 믿어지지 않는 장면을 보았다.

교실 앞문으로 윤후가 들어오고 있었다. 분명 윤후였다. 지난겨울 사라진 윤후가 틀림없었다. 나는 너무 놀라 잠시 굳어 있다가 자리에 앉으려는 윤후에게 다가갔다.

"너, 진짜 윤후야?"

윤후가 의아한 눈으로 나를 바라보다가 눈을 크게 뜨더니 곧 의자에서 벌떡 일어섰다. 나만큼이나 놀란 듯 보였다.

우리 둘은 잠시 그대로 서서 서로를 바라보기만 했다. 그토록 보고 싶던 윤후가 눈앞에 있었다. 교실에 많은 아이가 있는데 우리 둘만 있는 것 같은 시간이 째깍째깍 흘러갔다. 너무 기쁘고 반가우면 이럴 수도 있는 걸까? 윤후 손이라도 잡고 싶었지만, 나는 이상하게 손가락 하나 까딱할 수가 없었다. 잠시 후 윤후가 황급히 나를 데리고 교실 밖으로 나왔다.

"너도 원래 세상에서 넘어왔구나! 이 세계의 함지원이 아닌 거야. 맞지?"

무슨 말인지 도통 이해되지 않았다. 윤후가 내 팔을 꽉 잡고 다시 물었다.

"너 여기 어떻게 왔어? 네 출입구는 어디야?"

순간 낯선 윤후의 모습에 거리감이 느껴지면서 서운함이 밀려왔다. 내 목소리가 뾰로통해진 건 당연했다.

"너야말로 그동안 어디에 있다가 이제야 온 거야? 톡 확인도 안 하고, 내가 얼마나 걱정한 줄 알아?"

윤후가 잠시 나를 빤히 바라보더니 한숨을 길게 내쉬었다.

"너 여기가 어딘지 모르는구나."

여전히 영문을 모르겠는 말이었다. 윤후가 잠시 뜸을 들이다 말했다.

"여긴, 시험이 사라진 세상이야."

"뭐? 도대체 무슨 말이야, 그게?"

믿기지 않는 말에 목소리가 저절로 높아졌다. 그리고 이어진 윤후의 말을 듣고 나는 경악하고 말았다. 윤후는 여기가 시험이 사라진 평행세계라고 했다.

평행세계에 대해 들어본 적이 있다. 현재 존재하는 세계의 모습과 동일한 시간으로 또 다른 세계가 존재한다는 허무맹랑하게 들리는 이론. 하나의 특정한 우주에 병행하여 존재하는 또 다른 우주. 그곳으로 내가 왔다는 것이다.

멍한 표정으로 입을 다물지 못하는 나에게 윤후가 자기도 우연히 이곳으로 오게 되었다고 했다. 부모님과 다투고 홧김에 집 밖으로 뛰쳐나가려는 순간, 현관문이 통로로 변했다고 했다. 단단한 철로 된 현관문이 젤리처럼 말랑하게.

"내가 부모님한테 소리치며 화를 낸 건 그때가 처음이었어."

윤후가 왜 그랬을지 짐작이 갔다. 하지만 다른 걸 물었다.

"너 혹시 돌아가는 방법을 알아?"

"대충 짐작은 하고 있어."

"그런데 왜 돌아가지 않고 여기 있어?"

윤후가 고개를 저으며 대답했다. 낮은 목소리가 너무나 단호했다.

"다시는 그곳으로 가고 싶지 않아."

뭐라고 해야 할지 몰라 입술만 달싹거리다가 우리가 살던 세상에서 너는 다른 아이처럼 변했다가 사라졌다고 말했다. 내 말에 윤후가 고개를 푹 숙였다.

"그럴 거라고 짐작했어. 온통 시험과 성적 얘기뿐인 세계로 가게 되었으니 충격이었겠지. 아마 '나'라면…… 분명히 방 안에만 틀어박혀 누구도 만나지 않고 있을 거야. 틀림없어. 그런데 엄마 아빠는 어떨지 모르겠다. 내가 원하는 대로 음악을 하게 해줄걸 그랬다고 조금이라도 후회하고 있을까?"

그제야 작년 겨울에 윤후가 왜 그렇게 이상해졌다가 사라졌는지 알 것 같았다. 시험이 없는 세상에 살던 윤후가 시험이 있는 세상으로 갑자기 오게 되었다면 그렇게 변할 수밖에 없었을 것이다.

윤후가 다시 말했다.

"그곳의 '나'에게 미안해. 하지만 정말 돌아가고 싶지 않아."

나는 윤후에게 작년 평행세계로 온 그날, 부모님과 무슨 일로 다퉜는지 물었다. 윤후는 부모님께 예고에 가고 싶다고 어렵사리 말을 꺼냈다고 한다. 그러자 변호사인 윤후 아빠는 아빠도 머리가 늦게 트였다고, 그러니 너도 그럴 거라고 딱 잘라 대답했다고 한다. 조금의 여지도 남기지 않고.

우리가 살던 세상에서 윤후가 힘들어했다는 건 알고 있었다. 그러나 내가 아는 건 아마 일부였을지도 모른다는 생각이 들었다.

완전히 받아들이기 어려웠지만 나는 일단 윤후의 말을 믿기로 했다. 그러지 않으면 설명되는 것이 하나도 없었다. 그리고 곧 뒤늦은 깨달음에 맥이 빠졌다. 윤후 말대로라면 원래 세계에서 오늘 기말시험을 치르는 '나'는 시험이란 걸 본 적이 없다. 그렇다면 원래 세계의 나에게 과학고는 완전히 물 건너간 일이 되고 만다.

나는 곰곰이 어떻게 내가 이곳에 오게 된 건지 생각했다. 어제 체육관 여교사 화장실에서 나오던 순간, 짐작되는 건 그때뿐이었다. 그때는 잠시 심한 현기증을 느낀 줄만 알았다. 그럴 수밖에 없었다. 딱딱한 반투명 화장실 유리문이 젤리처럼 말랑해질 거라고는 상상해본 적도 없으니까. 내가 화장실을 나가려 문을 민 동시에 누군가도 반대편에서 문을 밀었다. 그 순간 말랑해진 출입문을 얼떨결에 통과하고, 같아 보이지만 전혀 다른 세상으로 던져진 것이다. 화장실 문이 평행세계로 이동하는 통로가 된 것이 틀림없다.

도대체 무슨 연유로 이런 일이 일어난 걸까? 윤후와 내가 오게 된 때의 공통점을 생각해보았다. 한 가지뿐이다. 우리 둘 다 힘들고 답답해 도망치듯 달릴 때 이곳에 오게 되었다. 마냥 두고 볼 수만 없었던 우주의 간섭일까? 아니면 평행세계에 살던 '나'의 일탈일까.

나는 급히 몸을 돌려 체육관으로 달려갔다. 윤후도 내 뒤를 따라 달렸다. 여교사 화장실에 들어간 뒤 나는 화장실 밖에 서 있는 윤후에게 소리쳤다.

"문 좀 밀어봐!"

윤후가 내 말뜻을 눈치채고 문을 벌컥 밀었다. 나도 동시에 문손잡이를 잡고 밀었다. 하지만 딱딱한 반투명 유리문은 조금도 변화가 없었다. 몇 번을 시도해도 마찬가지였다. 문은 말랑해지지 않았고, 아무것도 달라지지 않았다. 다른 조건이 필요한 것이다. 그건 아마도 내가 살던 세계로 가게 된 '나'와 이곳의 내가 동시에 문을 밀어야 하는 거겠지. 하나의 문을 사이에 두고, 다른 세계에 사는 두 명의 '나'가 마주 선 줄 모른 채 마주 서다 서로의 세계로 건너가게 되는 바로 그 찰나에. 그렇지만 그럴 확률이 얼마나 될까. 나도 모르게 한숨이 새어 나왔다.

윤후와 나는 교실로 돌아왔다. 과학 수업은 한참 전에 시작되었으나 선생님은 늦게 들어온 우리에게 아무런 타박도 하지 않았다. 쉬는 시간에 윤후에게 갔다. 아직도 손이 떨려 왼손으로 오른손을 감싸 쥐며 아무렇지 않은 척 물었다.

"여기는 정말 시험이 없어?"

"어. 없어."

나는 의아해서 되물었다.

"그럼 무슨 기준으로 진학과 직장을 정해? 모두가 원하는 것을 모두가 가질 수 없을 때는 어떻게 나누지? 시험이 가장 공정하잖아."

"글쎄. 어쩌면 시험이 항상 공정한 건 아닐지도 모르지."

"뭐? 그럼 누가 힘든 공부를 해? 노력한 만큼 성적으로 보상을 받는 게 당연한 거 아니야? 학생이니까, 성적으로 평가받는 게 당연하잖아."

"네 말도 맞아. 그런데 너는 너무 공부만을 중심에 두는 것 같아. 좋은 성적을 보상해주어야 한다면, 성적이 좋지 않으면 차별해도 된다는 말과 같아. 그럼 달리기를 기준으로 삼는다면 너는 열등생인데 괜찮아? 다른 건 잘하는데 공부만 못하는 아이들은?"

"그건……"

"여기에서는 각자 잘하고 좋아하는 걸 해. 공부를 좋아하고 잘하는 애는 공부하면 되고 다른 걸 좋아하면 그걸 하면 되고. 항상 너에게 묻고 싶었어. 너는 왜 과학고에 가고 싶은 거야? 정말 과학을 좋아해서 가려는 거 맞아? 네가 가장 좋아하는 게 과학이야?"

나는 아무 말도 할 수 없었다. 사실 헷갈렸다. 수학과 과학 그리고 음악 중에서 내가 진짜 좋아하는 건 뭘까? 설마…… 공부뿐만 아니라 작곡까지 잘한다는 우월감을 좋아했던 걸까?

"그럼 우리가 살던 곳으로 돌아가게 된다면 어떻게 할 건데? 그때도 이렇게 말할 수 있어?"

윤후가 고개를 끄덕이며 말했다.

"응. 나는 이제 어디서든 그렇게 말할 수 있어."

나는 윤후의 표정을 보고 그 말이 진심이라는 걸 알았다. 이곳에서 지내는 동안 윤후는 또 달라진 듯 보였다. 복잡해진 마음을 감추려 다른 질문으로 말을 돌렸다.

"여기서는 국, 영, 수, 과, 사를 정말 일주일에 한 시간씩만 배워?"

"응. 진로 시간에는 말 그대로 자기가 하고 싶은 걸 하고 독서 시간에는 책을 읽어."

"진로 시간에 너는 뭐 하는데?"

윤후가 엷게 웃었다.

"알잖아. 내가 뭘 하겠어."

쉬는 시간이 끝나가자 아이들이 각자 준비물을 챙기더니 사방으로 흩어졌다. 윤후를 따라갈까 하다가 학교를 한번 둘러보기로 했다.

2층 첫 번째 교실은 그림을 그리는 아이들로 가득했다.

교실을 한 바퀴 도는데 누군가 뒤에서 내 이름을 불렀다. 장진호였다. 이상한 소리를 내며 자기만의 세상에 틀어박혀 자동차만 그려대던 장진호가 눈에 띄게 밝은 얼굴로 나에게 손을 흔들었다. 늘 움츠려 있던 어깨도 활짝 펴져 있었다.

장진호는 역시나 자동차를 그리고 있었다. 전과 다른 건 구석에서 찌그러져 있던 애가 아니라는 거였다. 많은 아이가 장진호를 둘러싸고 진지하게 그림을 바라보고 있었다. 시험이 없는 세상의 장진호는 전혀 다른 아이 같았다.

"함지원, 네가 어른 되면 타고 싶다고 그려달라던 자동차야. 어때?"

이곳에 있던 내가 장진호에게 그런 부탁을 했나보다. 억지로 입에 발린 말을 할 필요가 없었다. 저절로 감탄과 칭찬이 튀어나왔다.

"진심, 대박, 멋져."

진호가 스케치북을 뜯어 나에게 건네주었다. 종이를 돌돌 말아 쥐고 다음 교실로 가는데 뒤에서 누군가 내 어깨에 팔을 둘렀다. 다은이였다. 그리고 바로 옆에서 온유가 생글생글 웃고 있었다. 다은이는 달라 보였지만, 이곳의 온유는 원래 세계의 온유와 똑같아 보였다. 그래서인지 마음이 조금 편안해졌다. 이쪽 세상과 저쪽 세상에서 똑같은 사람이 한

명이라도 있다는 게 묘하게 위안이 되었다.

"너 오늘 왜 자꾸 내 말 씹냐."

다은이의 말이었다. 하지만 빈정거리는 말투가 아니었다. 아주 친한 사이끼리 하는 친근한 말투였다. 평행세계의 다은이는 예민하지 않았다. 늘 알게 모르게 나를 견제하고 신경 쓰던 고다은이 아니었다.

"어, 미안해."

"곡 안 들려줄 거야?"

"어. 다음에 들려줄게. 그런데 넌 어디가?"

"나? 연습실 가지. 같이 갈래?"

온유와 함께 다은이를 따라갔다. 다은이는 댄스 연습실에서 음악에 맞춰 춤을 추는 아이들 사이로 자연스럽게 스며들었다. 보고 있자니 다은이가 저렇게 춤을 잘 추는 애였나, 춤 선이 저렇게 예쁠 수 있나, 놀라웠다. 다은이가 춤을 좋아하는 줄은 전혀 몰랐다. 늘 공부 얘기만 했으니까.

장진호도, 고다은도 그리고 다른 아이들도 원래 살던 세상에서는 몰랐던 각자의 빛을 뿜어내고 있었다. 비늘을 반짝이며 힘차게 팔딱이는 물고기 같았다.

문득 시험이 있는 세계로 간 나는 지금 어떨까 궁금했다. 시계를 보니 그곳은 이미 과학 시험이 끝난 시간이었다. 주요 과목 공부를 거의 안 하는 이곳의 내가 기말고사를 잘 치르지 못할 거라는 건 불 보듯 뻔했다. 어깨가 축 처졌다.

평행세계로 넘어온 지 며칠이 지났다. 나는 대부분 시간을 개인실에서 보냈다. 전에 온유가 했던 말이 생각났다. 왜 학교에서는 진로를 정하라고 재촉하는지 모르겠다고, 꼭 그걸 중고등학교 때 정해야 하냐고 했던 말. 개인실은 그렇게 아직 무엇을 할지, 무엇을 좋아하는지 모르는 아이들을 위한 공간이었다. 그런 아이들은 시간표의 개인 시간뿐만 아니라 진로 시간에도 개인실을 사용할 수 있었다. 그곳에서 나는 며칠 동안 아무것도 하지 않고 가만히 있었다.

시험이 있는 세계에서는 항상 내가 해야 할 일이 있었다. 숙제와 입시 공부였다. 그런데 그것을 빼고 나니 넘쳐나는 시간을 어떻게 써야 할지 몰랐다. 처음 마주하는 낯선 시간이었다.

그러다 어느 순간 퍼뜩 생각이 떠올랐다. 잊고 있었다. 지난 며칠간 너무 혼란스러워 이곳에 내가 그토록 보고 싶어 했던 윤후가 있다는 걸 제대로 인식하지 못하고 있던 것이다. 윤후를 다시 만나면 꼭 하려던 것이 있었는데.

정신을 차리고 악상에 집중했다. 떠오를 때만 곡을 만들었는데 이번에는 반대로 곡이 떠오를 때까지 머릿속에서 음을 굴렸다. 마침내 완성한 곡을 정성껏 악보에 적고 윤후를 찾아 나섰다. 이곳에 온 뒤 처음으로 무언가를 했다는 사실에 뿌듯함이 밀려왔다.

윤후는 피아노 연습을 하고 있었다. 윤후가 악보를 내미는 나를 보고 미소 지었다.

"이곳에 있던 '너'와도 같이 곡 만들고 자주 연주했어."

윤후의 말을 들으니 괜히 긴장되었다. 이곳의 나는 어떤 곡을 만들었을까? 이곳에 살던 '나'는 작년의 나보다 윤후와 더 잘 지냈을까? 윤후는 이곳에 살던 '나'와 지금 눈앞의 나 중 누굴 더 좋아할까? 머릿속에서 여러 생각이 뒤엉켰다. 작년의 기억을 되살리고 싶어 윤후에게 질문을 던졌다.

"작년 2학년 때 우리가 만들었던 곡들. 다 기억해?"

"그럼. 전부 다 좋았잖아. 그때 네 덕분에 버틸 수 있었어. 고마워."

윤후가 미소를 거두고 숨을 한 번 크게 쉬고는 내가 만든 곡을 쳤다. 전보다 더 깊어진 아름다운 연주가 피아노에서 흘러나왔다. 2학년 때 윤후와 함께 보냈던 그 시간으로 돌아간 것 같았다. 나도 모르게 눈에서 눈물이 흘러내렸다. 윤후와 다시 이런 시간을 보낸다는 게 꿈만 같았다. 낯설고 당황스러운 이곳에서 처음으로 느낀 기쁨이었다.

그런데 그때였다. 누군가 노크하더니 피아노 연습실 문이 열렸다. 서너 명의 아이들이 몰려 들어오니 연습실이 비좁아졌다. 나는 순식간에 구석으로 밀려났다. 원래 세계에서 언뜻 본 적이 있는 여자애가 악보를 내밀었다.

"윤후야, 릴레이 작곡 완성했어. 한번 쳐볼래?"

"그래? 오, 기대되는데?"

윤후가 웃으며 악보를 받아들었다. 릴레이 작곡이라니. 그건 나와 윤후만의 것이었는데. 이 애들도 윤후와 함께 곡을 만든 걸까?

윤후가 피아노를 치기 시작했다. 심장이 바닥으로 뚝 떨어지는 것 같았다. 첫 소절만으로도 알 수 있었다. 그 곡은 내가 만든 것보다 훨씬 좋았다. 윤후도 조금 전 내 곡을 칠 때보다 더 몰입한 듯 보였다. 연주가 끝나자 아이들은 손뼉을 치며 좋아라했다.

나는 황급히 개인실로 돌아왔다. 조금 전 눈물 흘리며 기뻐했던 내가 바보처럼 느껴졌다.

이곳에서 나는 윤후의 수많은 친구 중 하나일 뿐이다. 윤후는 나만을 위해 연주하지도, 고민을 내비치지도 않았다. 우린 이제 2학년 때처럼 긴밀하고 특별하지 않다. 갑자기

우주에 나 혼자 남은 것처럼 외로움이 밀려왔다.

그동안 나는 세 명의 윤후를 만났다. 2학년 때 벤치에서 처음 만난 말 없는 윤후, 겨울방학을 앞두고 이상하게 변해버린 윤후. 마지막으로 지금 이곳에 있는, 시험이 없는 세계로 건너와 행복해 보이는 윤후. 윤후는 더이상 내가 알던 그 말수 적은 아이가 아니었다. 이곳의 윤후는 친구도 많고, 말도 많고, 웃음도 많았다. 이제 내가 없어도 될 만큼.

윤후에게는 이곳이 유토피아일지 몰라도 나에게는 아니다.

나는 구관 여교사 화장실로 달려갔다. 나만의 아지트, 그곳 맨 끝 칸에 가서 멍하니 한참이나 앉아 있었다.

이곳 평행세계는 내가 살던 세계와 겉으로 봤을 때는 같아 보인다. 학교도, 아이들도, 우리 집도. 그러나 그 안에서 일어나는 일, 아이들의 표정은 너무나 달랐다. 처음에 평행세계의 아이들은 놀기만 하는 것처럼 보였다. 그런데 그 애들은 대화하고, 몰두하고, 느끼고, 쉬고, 잠을 자며 성장했다. 윤후가 돌아가기 싫어하는 것도 어쩌면 당연했다.

하지만 나는 그 아이들과 달랐다. 윤후와도 달랐다. 이곳이 마냥 좋지 않았다.

나도 안다. 내가 그동안 시험이라는 제도를 위해 너무 많은 걸 희생하며 살았다는 걸. 학교와 학원은 오로지 상급 학교에 가기 위해 존재하는 것 같았다. 초등학교 때는 중학교를, 중학교 때는 고등학교를 대비했다. 중학생인데 온전한 중학생처럼 살지 못하고 반은 고등학생인 듯 살았다. 가방은 무거웠고, 잠은 부족했고, 늘 시간에 쫓겼다. 어쩌면 시험이라는 제도는 공정하지만, 문제의 해결이 아니라 시작인지도 모르겠다.

하지만 나는 여기에 계속 머물기엔 뭔가…… 억울했다. 시험이 없는 이곳은 내 자리가 아닌 것 같았다. 이곳에서 '공부 잘하는 나'는 하나도 특별하지 않다. 어려운 문제를 풀어 보여주어도 선생님들은 칭찬하지 않았고, 이런 걸 좋아하는 줄 몰랐다며 웃었다.

공부를 잘하고 시험을 잘 보는 나는 내가 살던 세계에서 더 인정받았다. 시험이 존재하는 세계에서 내가 오랜 시간 노력해서 이룬 것이 다 사라져버린다면? 성적표를 받을 때마다 느꼈던 주위의 부러운 시선, 선생님들의 인정, 으쓱하고 뿌듯했던 기분. 그것이 여기에는 없다. 그러나 내 기분을 계속 껄끄럽게 하는 건 그것 때문만은 아니었다.

이곳의 윤후는 내가 만나고 싶었던 윤후가 아닌 듯 보였다. 윤후의 변한 모습이 한없이 섭섭했다.

나는 출입문을 바라보며 생각했다. 저 문을 향해 달려갈 것인가, 이대로 머무를 것인가.

마침내 생각을 끝내고 문을 힘껏 밀었다. 나는 원래 세상으로 돌아가도 내 노력으로 멋진 미래를 만들어갈 것이다. 그럴 자신이 있다. 지금까지 그래왔던 것처럼.

예상대로였다. 문을 민 순간, 유리문이 말랑해졌다. 내가 살던 세계로 간 '나'는 평행세계로 돌아오기 위해 끊임없이 시도했을 테니까. 그리고 그 '나'는 다시는 내가 살던 세계로 가려 하지 않겠지. 그때처럼 현기증을 느끼며 나는 순식간에 내가 살던 세상으로 돌아왔다. 허무하리만치 쉽게.

체육관 복도 바닥에 누군가 떨어뜨린 학원 홍보용 부채가 보였다.

특목 입시의 끝판왕, 전년도 합격률 70%,

유토피아 특목고 입시 전문 학원!

그걸 보니 피식 웃음이 새어 나왔다. 도덕 선생님 말대로 유토피아는 없다. 아니, 있지만 갈 수 없는 곳이다.

시간은 빠르게 흘러 어느덧 2학기가 되었다. 1학기 말 시험을 망쳐 떨어질 게 분명한데도 엄마 아빠는 혹시 모르는 일이라며 과학고에 원서를 접수했다. 꼭 과학고에 가지 않아도 된다고, 어디 가서든 내 힘으로 잘할 자신이 있다고 말했는데도 말이다.

하루가 다르게 쌀쌀해질 무렵, 입시 결과가 발표됐다. 예상했던 대로 나와 다은이는 과학고에 떨어졌다.

그런데 의외의 아이가 특목고에 합격했다. 온유였다. 다른 아이도 아니고 온유라니. 소식을 들은 순간 충격으로 정수리가 찌릿해졌다. 어떤 표정을 지어야 할지도 몰랐다. 온유의 학교 내신 성적은 좋지 않았으니까.

놀람이 가시자 섭섭한 마음이 들었다. 특목고에 전혀 관심이 없는 것처럼 보였는데, 같이 성인여고에 가자더니 언제부터 준비한 걸까. 하지만 내가 없는 동안 결정한 거겠지 생각하며 서운함을 떨쳐버리려 애썼다.

집으로 가는 길에 어떻게 된 일인지 조심스레 물었다. 온유가 특유의 친근한 미소를 띠면서 말했다.

"내 성적으로 어떻게 합격했냔 말이지?"

"뭐, 꼭 그런 건 아니고."

"비밀 지켜줄 수 있어?"

"당연하지. 너도 내 비밀 다 지켜줬잖아."

"그럼 너 믿고 말할게. 대신 이거 절대 다른 애들한테 말하면 안 돼. 그럼 우리 집 난리 나."

"응. 약속해."

우리는 손가락을 걸었다. 온유가 살짝 뜸을 들이더니 말했다.

"나 사배자로 합격했어."

내 발걸음이 저절로 우뚝 멈췄다. 사배자라면 사회적 배려 대상자를 말한다. 온유의 어느 면이 사회적 배려가 필요한 걸까? 전혀 이해가 되지 않았다. 침을 한번 꿀꺽 삼키고 물었다.

"너희 집, 아주 부자잖아."

"나도 자세한 건 몰라. 엄마가 알아서 했겠지."

나는 바들거리는 입술을 겨우 떼고 다시 물었다.

"어느 대학에 가느냐보다 중요한 건 행복하게 사는 거라며."

"응. 당연하지. 그런데 이왕이면 좋은 대학 가면 더 좋잖아. 안 그래?"

차마 아니라고 말할 수 없었다.

마음속에서 온갖 말이 아우성쳤다. 그건 불공정한 거 아니냐고, 아니 불공정한 정도가 아니라 불법 아니냐고, 어떻게 그럴 수가 있냐고 온유에게 마구 화를 내고 싶었다. 하지만 내가 내뱉은 말은 겨우 이 정도였다.

"가서 수업 따라가기 힘들면 어떻게 할 거야? 특목고라도 내신 나쁘면 대학 잘 가기 어렵다던데."

"괜찮아. 엄마가 알아서 준비하고 있대. 그리고 대학 가면 그때부터는 나 공부 진짜 열심히 할 거야. 다행히 영어는 잘하니까 전공 공부 열심히 해서 아빠처럼 자격증 시험 꼭 합격할 거야. 그래서 전문직 가지려고. 아빠가 나중에 같이 일하재. 아빠 로망이라나."

머리가 띵했다. 그동안 참고 노력한 시간이 눈앞에 스쳐 지나갔다. 나는 나만 열심히 하면 무엇이든 이룰 수 있다고 생각했다. 제도를 아무렇지 않게 이용하고, 수많은 이들을 기만하는 사람이 뉴스 화면이 아니라 내 바로 옆에 있다는 건 생각조차 하지 못했다.

후회가 밀려오며 저절로 실소가 나왔다. 난 무슨 짓을 한 걸까? 이 세계를 얼마나 안다고 그토록 호기롭게 유토피아를 버리고 온 걸까? 다시는 돌아갈 수 없는 그곳을.

아무렇지 않은 척하려 했지만, 목소리가 떨렸다. 온유도 알 수 있을 만큼.

"쉽지 않을 텐데…… 할 수 있겠어?"

"그럼. 노력하면 되지. 노력하면 꼭 보상이 따른다고 네가 그랬잖아."

온유의 천진한 미소가 햇살처럼 눈부셨다. 차마 그 미소를 마주할 수 없어서 나는 그만 두 눈을 꼭 감아버렸다.

중학교 졸업식 날이다. 졸업식에도 윤후는 나타나지 않았다.

나는 두 윤후를 생각했다. 평행세계로 건너간 윤후와 방 안에 숨어서 세상으로 나오지 않는 이곳의 윤후.

평행세계로 건너간 윤후는 지금쯤 어떻게 지내고 있을까? 그곳이 얼마나 좋으면 아직도 돌아오지 않는 것일까. 원망은 아니었다. 이제는 돌아오지 않는 윤후를 충분히 이해할 수 있다.

온유와 다은이와 함께 졸업 사진을 찍고 사람들이 빠져나가는 운동장에 서서 핸드폰을 꺼내 들었다. 그리고 이 세계의 윤후에게 메시지를 보냈다.

윤후야, 나와 같이 이곳을 유토피아로 만들어보지 않을래? 함께 음악을 만들자. 네가 살던 세상, 네가 빛나던 그곳에서 그랬던 것처럼. 연락 기다릴게.

6월 12일

10년 전, 서울 광화문 땅이 갈라지더니 마계로 통하는 게이트가 열렸다.

게이트에서 마법을 할 수 있는 종족인 마족과 엘프와 드워프와 드래곤들이 튀어나오는 바람에, 이후 서울은 인간과 마족의 전쟁으로 폐허가 될 줄 알았으나…… 알고 보니 마족과 인간은 쉽게 의사소통을 할 수 있었다. 마족과 인간은 이런저런 대화 끝에 전쟁을 하지 않고 평화롭게 지내기로 협약을 맺었다. 인간과 마족은 서로의 세계를 오가며 교류를 이어나갔다. 인간이 마계로 관광을 가기도 하고, 많은 마족 역시 인간계로 관광을 왔다. 이제 사람들은 드래곤이 서울 하늘을 날아다녀도, 신혼여행을 마계로 다녀온 사람들이 인스타그램과 페이스북에 마계를 찍은 사진을 올려도 놀라지 않는다. 인간 중에는 마계에 마족이 다니는 학교로 전학 가서 마법을 배우는 학생도 있다.

내가 그 학생이다.

나는 마계 대마왕 고등학교에 다닌다. 학생이 4,800여 명이나 되는 큰 학교다. 반은 몇 개 없어서 한 반에 학생이 100명이 넘는다. 학생은 대부분 마족이고, 악마족, 뱀파이어, 엘프, 다크엘프, 페어리, 오크, 오거, 드워프가 있다. 인간 숫자가 가장 적어서 전부 합쳐도 열다섯 명뿐이다. 고3은 그중 두 명이고, 내가 그 두 명 중 하나다.

대마왕 고등학교 건물은 원래 대마왕이 살았던 성인데, 오래전 용사 데미타메르가 대마왕을 물리친 이후 학교 건물로 쓰고 있다. 이제 대마왕은 없지만, 학교 곳곳에 대마왕이 걸었던 흑마법은 남아 있어서 지금도 조심해야 한다. 특히 지하 미로에는 들어갔다가 길이라도 잃으면 큰일 난다.

나는 학교에서 열심히 마법을 배우고 있다. 마계 고등학생은 고대언어, 마법 주문, 마법 도구, 마계의 역사, 마계 지리, 마법 실습, 그리고 마법사 윤리 이렇게 일곱 과목을 배운다. 나는 고대언어가 제일 어렵고 마법사 윤리가 제일 쉽다. 마족 아이들은 마법사 윤리를 어려워한다. 왜 어려워하는지 모르겠다. 나는 처음엔 마법사 윤리가 왜 따로 배워야 할 정도로 중요한 과목인지도 몰랐다. 이전에 나쁜 마법사들이 마계를 오랫동안 혼란에 빠뜨렸기 때문에, 그 일을 교훈 삼아 마법사의 도덕, 윤리, 준법정신 등을 따로 배운다고 한다.

나는 비록 마계에서 고등학교에 다니는 인간 고등학생이지만, 전체적으로는 무난하게 학교생활을 잘하고 있다. 이대로 고등학교를 무사히 졸업해서 마계 대학교에 가는 게 내 꿈인데…… 아직 큰 고비가 남았다.

내가 일기장에 왜 이런 말을 쓰냐면, 요즘 걱정이 많기 때문이다. 걱정이 많으면 생각을 정리하려고 아무 말이나 하기 마련이다.

벌써 3학년 1학기가 끝나가고 있어서 한숨이 나온다. 여름방학이 지나면 2학기부터는 대입을 준비해야 한다. 가고 싶은 대학은 있다. 마계는 레드 드래곤 마법 대학교가 가장 좋다. 여길 나오면 마계 회사에 쉽게 취직할 수 있다. 물론 입학이 어렵다. 마족도 들어가기 어려운 학교인데 나는 인간이니까. 마족 중에는 고등학교 1학년부터 대입을 준비한 아이도 있으니 나는 늦은 셈이다. 가장 큰 문제는, 레드 드래곤 대학은 입학시험이 없고 면접만으로 당락을 결정한다는 것이다. 교수 면접에서 자신이 뛰어난 마법사임을 증명해야 한다. 증명만 하면 입학이 허가된다. 뛰어난 마법사라는 걸 증명하라니, 애매한 기준이다. 시험 치는 것보다 낫긴 하지만, 면접에서 실력을 증명하라니 어렵다.

　어떤 방법으로 훌륭한 마법사임을 증명할지 정해진 방법은 없다. 보통은 논문이나 에세이를 제출하거나, 마법으로 만든 발명품을 들고 찾아가서 프리젠테이션을 하기도 한다. 면접에서 자기가 쓸 수 있는 마법 포트폴리오를 제출하고 마법 솜씨를 직접 선보이는 학생도 있는데, 쉬울 것 같지만 생각보다 어렵다. 면접에서는 긴장해서 마법이 잘 안 풀린다. 게다가 교수가 그 마법 말고 이것도 해봐라 저렇게 해봐라 요구하는데, 그때 제대로 못하면 바로 떨어진다. 교수한테 싸움을 거는 건방진 학생도 있다. 자기가 마법 대결에서 교수를 이기면 대학에 붙여달라면서 말이다. 물론 그런 아이들 중에 교수한테 이기는 아이는 한 명도 없다. 어떤 아이는 자기와 똑같이 생긴 골렘을 만들어서 면접에 보냈다. 그런데 교수가 보자마자 골렘인 걸 알아채서 떨어졌다. 마법과는 아무 상관 없는 장기를 보여주는 아이도 있다. 춤을 추거나 노래를 부르거나 시를 읊는 거다. 해마다 입시 면접에서 온갖 기상천외한 일이 벌어진다.

　우리 반에서 마법을 가장 잘하는 마족 벤투스는 고등학교 1학년 때부터 면접에서 뭘 할지 준비했다. 3년 걸려서 만든 마법 약물을 가져갈 거라고 한다. 벤투스만큼 공부 잘하는 엘프 그라치아는 초등학교 때부터 준비한 논문을 낼 예정이다. 두께가 웬만한 책보다 더 두껍다고 한다. 뭐에 대한 논문인지는 안 가르쳐줘서 아무도 모른다. 오래 준비한 논문이라면 고대 마법이나 뭐 그런 거겠지. 가장 쉬운 방법이 발명품을 제출하는 건데, 반대로 다른 아이들도 많이 준비하기 때문에 아이디어가 뛰어나지 않으면 떨어질 가능성도 높다.

나는 뭘 준비해야 좋을지 모르겠다.

고민을 안 한 건 아니다. 2학년 때부터 생각은 했으니까. 나는 에세이를 쓸까 싶다. 가장 잘하는 과목이 마법사 윤리니까, 마법사 윤리에 관한 에세이를 쓰는 편이 제일 무난하다. 무난한 만큼 눈에 안 띄면 어쩌나 싶다. 에세이만 내면 성의 없어 보일 것 같고, 하지만 획기적인 아이디어는 떠오르지 않고…… 고민이 많다.

그런데 오늘 성철이가 던전에서 몬스터를 잡자고 제안해서 놀랐다. 몬스터라니…… 최성철은 고3 중에 나와 함께 유일한 인간이다. 1, 2학년 때는 같은 반이었고 3학년인 지금은 같은 반은 아니지만 3년 동안 친하게 지냈다. 성철이는 여름방학에 친한 엘프들이랑 파티를 짜서 던전에 들어갈 예정인데, 나도 힐러로 참여하라고 했다. 엘프들과 같이 가면 나한테야 이득이다. 성철이는 나보다 공부를 잘하고, 친한 엘프들도 다들 전교에서 마법을 제일 잘하는 아이들이다. 그런 아이들과 함께 던전에서 희귀한 몬스터를 잡으면 대학교 면접쯤은 쉽게 통과하지 않을까? 하지만 못 잡으면 여름방학만 날리는 셈이다. 게다가 던전에 가려면 돈이 많이 든다.

물론 던전 모험은 쉽지 않다. 지상과 가까운 층은 안전하지만 희귀한 몬스터가 있는 아래층은 위험하다. 집에 뭐라고 말할지도 고민이다. 여름방학 동안 던전에 가야 하니까 돈을 달라고 하면 아빠 엄마가 뭐라고 할까? 던전에 갈지 말지 걱정하느라 수업에 집중이 안 된다.

6월 19일

집에 여름방학 동안 던전으로 떠나겠다고 말했다. 던전에 갈 준비도 하고 있다. 돈이 많이 들어서 부모님도 걱정이 많다. 하지만 이보다 더 좋은 기회도 없다고 부모님을 열심히 설득했다. 부모님은 같이 가는 아이들이 정말 마법을 잘하는 아이들인지 한참 캐물었다. 그리고 꼭 큰 몬스터 잡아오라고 잔소리했다. 뭘 잡을 거냐고, 드래곤이라도 잡냐고 아빠가 물어봐서, 드래곤을 어떻게 잡냐고 했다.

드래곤은 몇천 년을 살고 크기도 건물만큼이나 크고 마법도 뛰어나다. 교장 선생님이 드래곤과 마족 혼혈이다. 그래서 마법도 뛰어나고 오래 살고 마족과 드래곤 양쪽으로 변신도 가능하다. 드래곤일 때 모습을 본 학생은 아무도 없다. 정확히 몇 살인지도 아무도 모른다. 누구는 500살이라고 하고 누구는 1,000살이 넘었다고 한다. 교장 선생님 이름이 발음이 어려운데 '쾍쾍스트로나두'다. 우리는 '쾍쾍 교장 선생님'이라고 부르는데 초반의 '쾍'이 발음하기 어렵다. 이상한 이름이다. 쾍쾍이라니. 무슨 오리 꽥꽥 우는 소리도 아니고…… 마법사 이름은 발음이 이상하다. 마법의 역사 선생님은 이름이 '페로롱페로롱'이다. 꼭 강아지 이름 같아서 들을 때마다 웃겨서 미치겠다. 여기에서는 '페로롱페로롱'이 신비로운 느낌의 이름이라고 한다.

마족들은 내 이름 '김민준'이 발음하기 어렵다면서 그냥 '준'이라고 부른다. 준은 엄숙한 느낌이 드는 이름이라고 한다. 그렇다면 나쁠 것 없어서 그렇게 부르라고 했다.

던전에서 조심하라고 부모님이 신신당부해서, 나는 지상과 가까운 층은 안전하니까 걱정하지 말라고 했다. 하지만 사실 나도 던전이 얼마나 위험한지 잘은 모른다. 엘프들이랑 같이 가니까 안전하겠지? 나는 힐러니까 더 안전할 테고.

던전에서 마물 잡다가 죽진 않겠지…… 그렇겠지?

6월 22일

어째야 좋을지 모르겠다.

성철이가 던전에 못 가게 됐다고 약속을 취소했다. 갑자기 머리가 복잡하다. 힐러가 쓰는 방어 마법을 연습하고 있었는데 그게 다 소용없게 됐다. 대입 면접은 어쩌면 좋지? 에세이를 써야 할까? 던전 갈 계획만 세우고 있었는데…… 지금까지 너무 생각 없이 지냈나 싶어 후회가 밀려온다. 아직 여름방학이 남긴 했지만…… 에세이 정도로 될까? 던전에서 몬스터 잡아서 면접은 쉽게 해결할 줄 알았는데…… 아빠 엄마한테는 뭐라고 하지.

6월 23일

오늘 칸칸이 나보고 같이 던전에 갈 생각 없냐고 해서 다시 머리가 아프다.

쉬는 시간에 칸칸이 나한테 오더니, 성철이하고 같이 던전 안 간다는 말 들었는데, 진짜냐고 물었다. 내가 던전에 간다는 소문은 언제 났지? 마족 아이들이 내 이야기도 하는 줄 몰랐다. 걔네들은 인간이 뭘 하든 신경도 안 쓰는 줄 알았는데. 충격적인 건, 칸칸한테 들었는데 성철이가 던전에 안 가는 게 아니라, 나하고 안 가는 거였다. 나한테는 취소됐다고 말했지만, 사실은 거짓말이었다. 나 말고 마법을 더 잘하는 엘프를 파티에 힐러로 넣으려고 나를 뺀 거였다.

칸칸 앞에서는 아무렇지 않은 척했는데 사실 충격받았다. 성철이가 왜 사실대로 말을 안 했지? 게다가 다른 아이들은 다 아는데 나 혼자만 모르고 있었다니……

칸칸이 성철이하고 같이 안 가면 자기랑 같이 가면 어떠냐고 물었다. 자기도 여름에 던전에 갈 계획이고 마법사가 필요하다고 했다. 자기가 용사고, 내가 마법사, 그리고 궁수와 힐러가 필요한데 아직 못 구했다고 했다.

내가 칸칸하고 친하긴 하다. 칸칸 본명은 칸 다슈마르카인데 아이들은 그냥 칸칸이라고 부른다. 칸칸은 다크 엘프인데 키가 192센티에 덩치도 크고 싸움도 잘하고 마법도 잘한다. 힘이 정말 세다. 다크 엘프는 원래 힘이 세지만 칸칸은 유난히 세다. 돌멩이를 맨손으로 부수는 것도 봤다. 가끔 나한테 어깨동무하거나 팔을 잡을 때 너무 아프게 해서, 그때마다 조심하라고 화를 내도 칸칸은 신경도 안 쓴다.

힘도 세고 마법도 잘하지만, 솔직히 성격은 좋다고는 말 못 하겠다. 좀 까칠하다. 그래서 친구가 없다. 성격이 까다로운 아이랑 친하게 지내고 싶어하는 사람은 없으니까. 그래도 나쁜 아이는 아니다. 이 사실을 아는 사람은 많지 않다. 나는 왜 알고 있지? 나랑은 어떻게 친해졌지? 기억이 안 난다. 그냥 학기 초반에 마법 실습 시간에 옆에 앉았고 그때부터 그냥 친해졌다. 나도 처음엔 무서운 앤 줄 알았는데 알고 보니까 그냥 평범한 아이였다.

성철이를 만나서 정말 나 빼놓고 던전에 가는지 물어보려고 했는데 어딨는지 찾을 수가 없었다.

6월 24일

오늘 성철이한테 찾아가서 던전에 안 가는 게 아니라 나만 빼놓고 가는 게 사실이냐고 물었다. 성철이가 미안하다면서, 같이 가는 엘프가 힐러 친구를 구해왔는데 엘프들이 다들 걔를 넣자고 찬성해서 나를 뺄 수밖에 없었다고 했다.

던전을 못 가게 됐다고 거짓말한 것도 내가 알면 상처받을까봐 그랬단다. 웃으면서 별일 아니지 않냐는 투로 말하는데 솔직히 화가 났다. 성철이가 나보고 화났냐고 물어서, 아니라고 대답했다. 3년 내내 친구였는데 버럭 화를 내기도 그랬으니까. 그리고 엘프가 다른 엘프 친구를 데려온다면 어쩔 수 없겠지. 아마 자기들처럼 마법을 제일 잘하는 애로 데려왔겠지. 나는 반에서도 기껏해야 중상위권이니까. 이해는 하지만 기분은 정말 좋지 않다. 그냥 사실대로 말을 해도 됐잖아……

그런데 나중에 더 복잡한 일이 있었다. 칸칸하고 만나서 던전에 누구랑 가면 좋을지 계획을 세우고 있었는데, 쇼가 찾아와서 내가 칸칸이랑 던전에 간다는 소문을 들었다며 궁수가 필요하면 자기도 끼워달라고 했다. 쇼는 내가 던전에 가는 걸 어떻게 알았지? 소문을 어디서 듣는 거야? 나만 학교 돌아가는 소문을 모르나?

칸칸이 생각해보겠다면서 쇼를 일단 돌려보냈다. 나는 쇼와 친하지만 칸칸하고 쇼는 안 친하다. 쇼의 본명은 피노로-쇼-에르나르인데 다들 그냥 쇼라고 부른다. 쇼는 음유시인이 되고 싶어한다. 그래서 아무 데서나 시를 읊고 노래를 부른다. 되게 시끄러워서 아이들이 다들 싫어한다. 나쁜 아이는 아니다. 그냥 눈치 없이 마냥 쾌활해서 그렇다. 쇼는 페어리 종족인데, 그래서 그런지 평소에도 늘 즐겁고 활기차고 긍정적이기만 하고 아무 생각이 없다. 칸칸이 던전 모험에 대해서 뭐 아냐고 물었더니 아무것도 모른다고 태연하게 대답했다. 던전 아니면 대학 갈 다른 방법을 생각해봤냐고 하니까 모르겠단다. 입시에 아무 생각이 없는 아이도 있다니, 정말 놀랐다.

쇼와는 어쩌다 친해졌지? 언젠가 수업에 옆자리에 앉았다가 좋아하는 노래가 있냐고 묻기에 맞장구쳐줬다가 친해진 것 같다. 칸칸하고 쇼는 사이가 좋지 않은데 같이 잘 지낼 수 있을까? 아니, 일단 쇼가 궁수를 할 수 있나? 활은 잘 쏘나? 비행 마법은 잘하는데…… 페어리들은 비행 마법을 잘한다. 하지만 공격 마법은 제대로 할 수 있을까? 다른 궁수를 못 찾으면 어쩔 수 없이 쇼와 같이 가야 한다.

6월 29일

파티 모으기 정말 어렵다. 미리 준비할걸 그랬다. 여름방학이 얼마 안 남았는데 갑자기 던전에 가자고 하니까 같이 간다는 아이가 없다. 그런데 오늘 기숙사 룸메이트 톤 스미스가 자기가 힐러로 가면 안 되냐고 물었다. 톤이 파티에 낄 수 있을까? 톤은 드워프인데 힘이 세질 않다. 잘하는 과목도 없고 똑똑하지도 않고 다른 재주도 없다. 집도 부자는 아니다. 착하기는 정말 착한 아이인데…… 성격은 정말 좋다. 칸칸이나 쇼하고도 잘 지낼 수 있을 것 같다.

  나는 톤이 던전에 가고 싶어하는 줄도 몰랐다. 톤이 자기는 파티에 끼어서 몬스터라도 잡지 않으면 대학은 못 갈 것 같아 던전 모험을 고민 중이었단다. 누구랑 같이 가기로 했냐고 해서 칸칸밖에 안 정해졌다고 하니까 일단 칸칸하고 같이 만나자고 했다. 그러자고 했는데, 내가 너무 생각 없이 말했나? 칸칸한테 말하고 허락 맡은 다음 만났어야 했을까?

  쉬는 시간에 성철이가 찾아왔다. 자기는 던전 모험 준비하느라 힘들다면서 나는 뭘 준비하냐고 물었다. 나도 칸칸, 톤, 쇼 이렇게 넷이서 던전에 갈지도 모른다고 대답했다. 성철이 한참 웃더니 뭐 그런 아이들이랑 친하냐고 놀렸다. 그런가? 다들 이상한 아이들이긴 하다. 다들 친구도 별로 없고 인기도 없다. 그런데 나랑은 왜 친하지? 내가 잘해준 것도 없는데 셋 다 나한테는 잘해준다. 이유를 모르겠다.

  성철이 파티는 성철이 빼고 셋 다 엘프고 부잣집 아이들이고 마법도 잘하니까 큰 몬스터를 잡아 오겠지? 나는 파티를 잘 짤 수 있을까? 성철이가 나한테 너는 에세이를 잘 쓰니까 던전 모험은 그만두고 그냥 에세이를 쓰라고 해서, 생각해보겠다고 대답했다.

7월 2일

여름방학이 시작됐다. 기숙사에서 나와 집에 돌아왔다. 그 사이 부모님이 던전이 어떤 곳인지 알아보고는 위험하지 않냐고 이것저것 참견해서 피곤하다. 고등학생들은 경험이 많은 어른 가이드와 같이 간다는데 필요하지 않냐고 꼬치꼬치 캐물어서, 그런 건 내가 알아서 한다고 퉁명스럽게 대답했더니 부모님이 화를 냈다. 돈도 많이 들어가고 위험한데 대충 준비할 거냐면서. 안 그래도 머리 아픈데 부모님이 왜 더 머리 아프게 하는지 모르겠다. 부모님은 마계 생활을 잘 모르니까 늘 걱정이 많다. 성철이와 가는 거냐고 그래서 같이 간다고 거짓말했다. 다른 아이들이랑 간다고 솔직히 말했다간 안 된다고 하실 것 같아서 나도 모르게 거짓말을 했다.

그동안 바빠서 칸칸하고는 대화도 못 했고 파티 모집도

못 했다. 방학하면 만나서 의논하자고 약속하긴 했다. 우리가 가려는 '느릅나무 숲 던전'은 마계에서 가장 큰 던전이고 길드도 잘되어 있고 탐험하는 마법사도 많아서 위험하진 않다. 던전 밖에도 안에도 편의 시설이 잘되어 있다. 물론 깊이 내려가면 위험하지만. 던전에 가려면 적어도 일주일 안에 출발해야 한다. 짐을 챙기고 파티도 완전히 정하고 어디서 머물고 어디까지 탐험할지 계획을 세워야 한다. 내가 몬스터를 잡을 수 있을까? 차라리 지금이라도 포기하는 편이 좋을까? 돈도 많이 드는데, 집에서 얌전히 에세이를 쓰는 편이 나을까?

7월 5일

오늘 칸칸, 쇼, 톤하고 연락해서 마계에서 만났다. 쇼가 약속 시간에 30분을 늦어서 칸칸이 화를 냈고, 쇼가 뭐 이 정도 늦은 거 가지고 화내냐고 따져서 둘 사이에 말다툼이 있었다. 쇼는 방학이 됐다고 아주 신이 나 있었고, 톤은 집안일 돕느라 바쁘다고 했다. 칸칸이《던전 탐험 가이드북》을 가지고 와서 같이 읽으면서 계획을 세웠다. 준비할 게 정말 많았다. 그런데 쇼는 놀 생각밖에 없고, 톤은 방어 마법을 아무것도 모르고, 칸칸이 계속 화를 내면 쇼가 화내지 말라고 같이 화를 내고, 정말 엉망진창이었다.

부모님 말씀대로 가이드를 고용할까 했는데 너무 비싸서 포기했다. 마계에서 사용하는 화폐인 금화가 열두 개에서 열다섯 개나 든다고 한다. 칸칸네 집은 부자지만, 나와 쇼와 톤 집은 아니다. 쇼는 던전 모험 떠나게 돈 달라고 말했다가 집에서 쫓겨날 뻔했다고 한다.

파티가 그냥 이렇게 정해지는 건가? 이렇게 넷이 몬스터를 잡을 수 있을까? 정말 웃긴 파티다. 주로 궁수를 하는 다크 엘프가 용사, 힐러를 하려던 인간이 마법사, 용사를 많이 하는 드워프가 힐러, 음유시인이 꿈인 페어리가 궁수라니. 몬스터는커녕 던전에서 살아오면 다행이다.

7월 10일

드디어 출발하는 날이다. 2주 동안 던전에서 쓸 짐을 싸서 아이들을 만났다. 나는 마계는 학교만 다녔지 다른 곳은 못 가봐서 잘 모른다. 칸칸, 쇼, 톤이 마계를 잘 아니까 나는 그냥 셋을 따라다녔다. 특히 톤이 마계 물정을 잘 알았다. 던전에 가려면 지옥 유니콘이 모는 마차를 타야 하는데, 톤이 금방 마차를 잡아서 넷이 타고 갔다. 마차 값이 은화 세 개나 했다. 앞으로는 돈 들어갈 일투성이다. 돈 관리는 칸칸이 맡기로 했다. 칸칸 보고 돈 가지고 도망가면 안 된다고 쇼가 놀렸는데, 칸칸이 한 번만 더 까불면 진짜 그러는 수가 있다고 으름장을 놨다.

  마차를 모는 마부 아저씨는 드워프였는데, 우리보고 던전에 왜 가냐고 묻더니, 톤을 보고 드워프면 가게를 하지 왜 대학에 가냐고 잔소리를 해서 톤이 기가 죽었다. 나는 화가 났지만, 아저씨와 괜히 말싸움하고 싶지 않아서 가만히 있었다. 모험하고 싶으면 할 수도 있지 뭘 그래? 마차에서 내린 다음 톤한테 그렇게 말했더니 톤도 표정이 밝아졌다.

  던전 주변은 칸칸이 잘 알아서 나머지 셋은 그냥 칸칸을 따라다녔다. 여관도 칸칸이 잡았다. 돌아다니며 가격을 물어보니 너무 비쌌다. 식당하고 편의 시설에 가까운 쪽은 예상보다 훨씬 비쌌다. 오랫동안 싼 곳을 찾다가 간신히 던전 입구에 있는 '큰 대문 여관'이라는 곳에 방을 잡았다. 방은 좁은 편이지만 깨끗했다. 여관 주인아저씨는 나이 많은 마족이고 은퇴한 던전 모험가다. 던전 가게 주인은 대부분 은

퇴한 모험가들이다. 젊었을 때 던전 모험으로 돈을 모은 다음 경험을 살려서 여관, 주점, 식당, 무기 판매상, 생명석 상점 등등을 한다.

던전에 몬스터 잡으러 온 고등학생이라고 말하니까 아저씨가 이것저것 많이 알려줬다. 아저씨가 잡았던 가장 큰 몬스터가 뭐였냐고 물었더니, 잘 나갈 때는 아라케크 정도는 쉽게 잡았다고 했다. 우리도 아라케크 잡으면 좋을 텐데. 아라케크는 3레벨 몬스터니까 대학에 가려면 아라케크를 두세 마리 잡거나 2레벨 몬스터 정도는 잡아야 한다. 아라케크는 거미와 비슷한데 무척 크다. 작은 건 1미터, 큰 건 3미터 정도다. 이빨에서 독이 나와서 물리면 죽을 수도 있다. 빨리 병원에 가서 마법으로 치료하면 되긴 하지만 치료비가 만만치 않다.

여관을 잡은 다음, 무기상에 가서 무기를 빌렸다. 공격 마법이 걸린 검, 모험가용 마법 지팡이, 치료 마법 전용 지팡이, 활, 화살 등. 다 제일 싼 걸로 빌렸다. 우리는 어차피 던전 깊숙이 내려가지 않을 테니까 싼 무기로 충분하다. 무기를 빌릴 때는 다들 들떠서 검에 애칭을 붙이겠다느니 활로 드래곤을 잡겠다느니 신이 나서 떠들었다.

점심에는 오크가 리어카에서 구워서 파는 화산 멧돼지 고기 튀김을 사 먹었다. 고기 튀김을 먹고 있는데, 지나가던 다크 엘프 아저씨가 칸칸을 보더니 어디서 왔냐고 말을 걸었다. 칸칸이 왜 물어보냐고 퉁명스럽게 대답하니까 아저씨도 그냥 물어봤다고 대답하고는 가버렸다. 다크 엘프들은 다 퉁명스러운가?

앞으로 2주 동안 모험이다. 대학 갈 만한 큰 몬스터를 잡아서 무사히 집에 갈 수 있을까? 던전까지 오긴 왔는데 정말 걱정이다.

7월 11일

오늘 죽을 뻔했다. 던전 들어온 둘째 날부터. 그것도 말도 안 되게 슬라임한테 말이다. 8레벨 몬스터 슬라임한테 죽을 뻔하다니, 쪽팔려서 어디 가서 말도 못 하겠다.

던전 들어갈 때만 해도 다들 신이 났다. 우리는 던전 입구에서 가장 가까운 '네이무스 구역'으로 들어갔다. 네이무스 구역은 이곳을 처음 발견한 모험가 네이무스의 이름을 땄다. 거기서 더 깊이 들어가면 '패란 구역'이 나오고, 역시 이 구역을 탐험한 모험가 패란의 이름을 땄다. 패란 구역이 '느릅나무 숲 던전'에서 제일 넓다. 그리고 더 깊이 들어가면 '나호라 구역'이다. 나호라 구역은 상당히 위험하다. 탐색이 끝나지 않아서 무슨 몬스터가 얼마나 살고 있는지 잘 모른다. 이 구역을 발견한 마법사 나호라도 여기서 탐험하다가 실종됐다고 한다. 우리는 네이무스 구역에서 몬스터를 잡기로 했다. 들어갈 때는 다들 신이 나서 모험이 시작됐다, 몬스터를 잡아서 대학에 가자, 보물을 찾아서 큰돈을 벌자 떠들면서 낄낄댔다. 그 와중에 동굴 천장에서 대형 슬라임이 떨어져서 내 머리를 덮었다.

슬라임이 얼굴을 다 덮어버리는 바람에 숨이 막혀서 죽는 줄 알았다. 내가 슬라임을 뜯어내려고 애쓰는 동안 칸칸과 쇼는 무슨 마법을 써야 하냐고 소리를 지르면서 허둥댔다. 톤이 나한테 프로텍트 마법을 걸고 내가 파이어 마법을 쓰면 되는데, 톤도 나도 당황해서 그 생각을 못 했다. 내가 숨이 넘어가기 직전에야 톤이 나한테 프로텍트 마법을 걸었고, 그다음에 칸칸이 칼로 슬라임을 찔러서 나한테서 뜯어냈다. 슬라임이 죽은 줄 알고 쇼가 손으로 만졌다가, 갑자기 쇼 다리에 들러붙어서 쇼가 비명을 지르고 난리가 났다. 칸칸이 다시 칼로 찌르고 내가 급하게 파이어 마법을 쏴서 간신히 슬라임을 죽였다. 얼굴에 붙었을 땐 무지막지하게 큰 줄 알았는데 죽은 걸 다시 보니 그냥 축구공 크기의 평범한 대형 슬라임이었다.

우리는 한동안 멍하니 앉아 있다가 겁이 나서 던전을 나왔다. 슬라임을 들고 생명석 상점에 갔다. 생명석 상점에서는 잡은 몬스터에서 생명석을 꺼내주고, 생명석을 돈으로 바꿀 수도 있다. 몬스터에서 생명석을 꺼낸 다음 상점에서 영수증을 끊어주면, 그걸 몬스터를 잡았다는 증거로 면접에서 제출하면 된다. 생명석 상점 카운터의 오크 직원이 시큰둥한 얼굴로 이걸 뭐 하러 가져왔냐고 물었다. 학생이라 영수증이 필요하다고 했더니, 한숨을 쉬면서 해체 마법으로 슬라임에서 생명석을 꺼내줬다. 새끼손톱만 한 생명석이었다. 원래는 생명석을 꺼내면 상점에서 수수료를 받는데, 오크 직원이 필요 없다면서 그냥 가져가라고 했다. 생명석과 영수증은 톤이 보관하기로 했다.

생명석은 몬스터 내부의 마력이 응축되어 있는 보석이다. 붉은색 루비처럼 생겼는데 몬스터에서 생명석을 꺼내 팔면 돈이 된다. 아주 큰 몬스터를 죽여서 큰 생명석을 구하면 비싸게 팔 수도 있다.

슬라임 영수증을 가지고 여관으로 돌아왔다. 다들 멍하니 방에 누워 있는데, 아저씨가 점심때도 안 되었는데 벌써 들어왔냐면서 다시 나가서 몬스터 잡으라고 잔소리를 쏟아냈다. 아니, 여관 주인아저씨한테까지 잔소리를 들어야 하나? 우리가 슬라임 잡다가 죽을 뻔했다니까 한참을 비웃었다. 그리고 빨리 나가서 큰 몬스터 잡아오라며 방에서 쫓아냈다. 큰 몬스터 못 잡으면 못 들어올 줄 알라면서 우리를 쫓아내는데 어이가 없었다. 여관에서 쫓겨나다니!

바로 던전으로 가지 않고 던전 밖 식당에서 점심을 먹었다. 배가 부르니까 기운이 나서 다시 던전에 들어갔다. 그다음부터는 조심해서 다녔다. 종일 던전을 다니면서 작은 슬라임을 네 마리 잡았다. 상점에 가지 않고 그냥 우리가 몬스터 해체 마법으로 해체해서 생명석을 꺼냈다. 어차피 슬라임 해체해서 영수증 받아봐야 면접에서 쓰지도 못하니까 굳이 생명석 상점에 갈 필요가 없다는 걸 그제야 우리도 깨달은 것이다. 모래알 크기 생명석 몇 개만 남아서 기분이 초라했다.

일기를 써놓고 다시 읽어보니 죽을 뻔한 것 같진 않다. 그냥 슬라임 때문에 고생했구나 싶다. 하지만 슬라임이 얼굴에 붙었을 땐 정말 무서웠다.

7월 14일

모험 시작한 지 겨우 나흘 됐는데 벌써 몬스터 잡기 싫다. 네이무스 구역으로 내려가면 좁고 습하고 어둡고 답답하고 곰팡이와 유황 냄새도 심해서 괴롭다. 종일 걷자니 발도 아프다. 다른 아이들은 발이 전혀 안 아프다고 한다. 내가 발이 아프다니까 그 정도 걸었다고 아프냐고 구박해서 서러웠다. 인간은 원래 금방 지친다고 아무리 말해도 다들 이해를 못 한다.

지금까지 슬라임 서른 마리와 카라수스 두 마리를 잡았다. 카라수스는 5레벨 몬스터인데, 동굴 박쥐 비슷하게 생겼고 무지막지하게 크고 사람 피를 빨아먹는다. 작으면 30센티 정도, 크면 사람보다 커서 2미터가 넘는다. 눈동자가 빨간색이어서 눈이 마주치면 정말 무섭다. 어둠 속에 숨어 있던 카라수스가 날아올 때 오줌 쌀 뻔했다. 나머지 아이들은 이상하게 무서워하지 않는다. 아이들은 나보고 겁이 많다고 야단쳤다. 특히 칸칸이 툭하면 나보고 겁쟁이라고 놀린다.

던전 다니다가 중간중간 다른 모험가 파티와도 마주쳤다. 어른들이 우리를 보면 대학교 면접 때문에 온 고등학생이냐면서 이것저것 정보를 알려준다. 높은 레벨 몬스터가 나오는 장소도 알려주고 위험한 곳도 알려준다. 주로 쇼가 어른들과 대화한다. 쇼는 어른들한테 능글맞게 말을 잘 건다. 가끔은 다른 파티 아저씨들과 말하느라 정신이 팔려서 우리 빼놓고 다른 곳에 가 있을 때도 있다. 그러면 칸칸이 화를 내고, 쇼는 능청스럽게 둘러대고, 다시 칸칸이 화를 내는 일의 반복이다.

칸칸은 다크 엘프고 덩치도 커서 다른 모험가들의 눈길을 끈다. 아저씨들이 칸칸보고 자기들 길드로 들어오라는 농담도 하는데 칸칸은 대꾸도 안 한다. 만나는 모험가가 말을 걸 때마다 퉁명스럽게 대해서 이러다가 싸움이라도 나면 어쩌나 싶다.

여관으로 돌아오면 주인아저씨가 뭘 잡았냐, 이렇게 몬스터 못 잡아서 어쩔 거냐고 참견한다. 오늘 저녁에는 놀지 말고 마법 연습하라고 해서 정말 질렸다. 우리보고 훈련까지 하라고? 자기가 무슨 선생님인 줄 안다. 왜 여관이 싼데도 손님이 없는지 이제야 깨달았다. 어떤 때는 던전 들어가는 것보다 여관 들어가는 게 더 싫다.

지금까지 잡은 슬라임하고 카라수스 생명석을 팔았는데 딱 황금사과 열매 음료 한 잔 사 마실 돈이었다. 돈 아끼려고 한 잔을 넷이 조금씩 나눠 마시면서 앞으로 어떡할지 의논했다. 카라수스 정도로는 대학교 입학은 어림도 없다. 3레벨 몬스터를 두세 마리 잡아야 한다. 기왕 던전에 왔으니 큰 몬스터를 찾아 깊이 들어가고 싶다고 다들 말했지만, 막상 들어갈 용기는 나지 않아서 결정을 못 내리고 여관으로 돌아왔다.

7월 15일

오늘 내 평생 최고의 하루였다.

내 평생이라고 쓰니 내가 꼭 나이 많은 어른이라도 된 것 같은데, 아무튼 기쁜 날이었다. 아라케크를 잡았다! 3레벨 몬스터를! 3미터 5센티나 되는 아라케크를 잡았다!

몬스터를 찾아서 패란 구역 가까이 내려갔다가 잡았다. 패란 구역 입구에는 마그마가 흘러서 덥고 유황 냄새가 코가 아플 정도로 독하다. 드워프인 톤은 유황 냄새를 잘 견디지만 나머지 셋은, 특히 쇼는 못 견딘다. 그때 마그마 근처에서 움직이는 아라케크를 봤다. 그렇게 큰 아라케크가 네이무스 구역에 있는 줄은 몰랐다. 나중에 여관 주인아저씨한테 말했더니 아마 먹이를 쫓아오다가 네이무스 구역 근처까지 왔을 거라고 했다.

보자마자 파이어 마법부터 쐈다. 하지만 아라케크는 피부가 두꺼워서 불에 휩싸여도 끄떡도 안 했다. 쇼가 화살을 쏴서 두 발을 맞춰도 소용없었다. 아라케크가 우리한테 달려와서 우리는 줄행랑쳤다. 아라케크가 얼마나 덩치가 크고 무거운지, 뛰니까 던전이 다 흔들릴 정도였다. 아니면 우리가 겁먹어서 던전이 흔들렸다고 느꼈을까? 아무튼 무서워서 정신없이 뛰다가 길을 잘못 들어서 막다른 길로 들어갔다. 막다른 길에서 아라케크와 마주한 것이다. 나중에 톤이 말하길 이렇게 죽는구나 싶었다고 한다. 나도 같은 심정이었다. 그때 내가 용케 익스플로전 마법을 기억해냈다. 아라케크 위에 달려 있던 종유석에 익스플로전 마법을 걸어서 무너뜨렸고, 운 좋게도 떨어진 종유석에 아라케크가 깔려 움직이지 못했다. 칸칸이 칼로 머리를 찍어서 죽였는데 그 모습이 정말 용사다웠다.

우리는 멀찍이 떨어진 곳에 서서 한참 아라케크를 쳐다보면서 죽었는지 확인했다. 내 기억에 한 시간은 그곳에 있었던 것 같다. 아라케크가 움직이지 않는 걸 확인한 다음에 마법으로 종유석을 들어서 치우고 아라케크를 밧줄에 묶은 다음 밖으로 끌고 나왔다. 다들 긴장해서 아라케크 다리를 묶다가 잘못해서 쇼 다리까지 같이 묶었다. 그때야 긴장이 풀려서 우리는 한참을 웃었다.

무거운 아라케크를 힘든 줄도 모르고 끌고 던전 밖으로 나왔다. 지나가는 마법사마다 아라케크 잡았냐고 말을 걸어서 우리는 신이 났다. 학생 넷이 아라케크를 잡았다는 말에 놀란 마법사도 있고 시큰둥한 표정으로 그냥 지나가는 마법사도 있었다. 나는 왜 시큰둥한 표정을 짓는지 이해를 못 했는데, 쇼가 하는 말이 우리를 질투하는 거란다. 다른 파티가 큰 몬스터를 잡는 모습을 보고 질투할 수도 있다는 걸 그제야 깨달았다. 생명석 상점의 오크 직원이 아라케크를 보더니 놀란 표정이었지만, 말없이 해체해서 생명석을 꺼내주고 영수증도 써줬다. 우리는 영수증을 받고 좋아서 펄쩍펄쩍 뛰었다. 오크 직원이 가게에서 조용히 하라고 소리쳐도 우리 모두 신경도 안 썼다. 몬스터가 크니까 생명석도 커서 주먹 두 개 합친 크기였다.

생명석은 돈으로 바꾼 다음 식당에서 맛있는 걸 잔뜩 사먹었다. 여관으로 돌아와서 주인아저씨한테 증명서를 보여주자 아저씨도 좋아했다. 큰 아라케크는 잡기 정말 힘든데 잘했다고 칭찬했다. 아라케크 잡을 정도면 아예 패란 구역으로 내려가서 더 큰 몬스터에 도전하라고 말해서 우리도 그럴까 고민 중이다.

7월 16일

패란 구역 여관으로 자리를 옮겼다.

지금까지 몬스터를 3레벨 한 마리, 5레벨 여덟 마리, 그 밑으로는 스무 마리 정도 잡았다. 이 정도로는 면접에 통과하기 어렵다. 3레벨 이상 몬스터를 한 마리 더 잡아야 한다. 그러려면 패란 구역으로 내려가야 한다.

패란 구역으로 내려가면 일이 복잡해진다. 여관도 옮겨야 한다. 큰 대문 여관은 패란 구역에서 너무 멀다. 패란 구역 가까운 쪽으로 '은방울꽃 연못'이라는, 몬스터가 안 나오는 안전한 구역에 여관이 모여 있는데, 그쪽으로 옮겨야 패란 구역에 쉽게 들어갈 수 있다. 아저씨도 은방울꽃 연못 쪽으로 옮기라면서 '단풍나무 숲'이라는 이름의 여관을 추천해줬다. 주인아주머니한테 자기 이름을 대면 잘해줄 거라고했다. 던전 모험에 필요한 마법이 담긴 마법 책도 몇 권 줬다. 좋은 마법이 많이 담긴 책이었지만, 흑마법도 몇 개 있었다. 흑마법은 쓰면 몸에 무리를 줘서 마법사 수명이 줄기 때문에 쓰면 안 된다. 어쨌든 일단 책을 받았다.

아저씨는 우리를 배웅하면서 올라올 때 꼭 들렀다 가라고 당부했다. 우리는 드래곤 잡아서 오겠다고 기세 좋게 대답했다. 잔소리가 많은 아저씨였지만 막상 떠나려니 아쉬웠다. 아저씨도 우리 같은 고등학생이 던전에서 모험하니까 걱정이 돼서 잔소리했겠지. 나중에 꼭 다시 들를 생각이다.

패란 구역은 지상과 거리가 멀어서 던전 밖에 나가서 음식도 못 사 먹는다. 그래서 여관에서 밥도 많이 먹고, 밖에서 화산 멧돼지 고기 튀김을 잔뜩 사서 밑으로 내려왔다.

단풍나무 숲 여관 주인아주머니한테, 큰 대문 여관 아저씨한테 소개받아서 왔다고 하니까 친절하게 잘해주셨다. 가격도 깎아주셨다. 두 분은 젊었을 때 같이 모험을 했다고 한다. 아저씨와 같이 던전을 다닐 때 이야기도 몇 개 들려줬다. 그때 성격이 맞지 않아서, 아저씨는 이것저것 많이 참견하는 성격이고 아주머니는 남의 잔소리 듣는 걸 싫어하는 성격이라서 많이 싸웠다고 한다. 아저씨가 우리한테 마법 연습을 시켜서 힘들었다고 하니까, 아주머니는 자기처럼 실수하지 말라는 뜻에서 그랬을 거라고 했다.

여관에는 다른 파티도 있었다. 학생은 없고 다 어른 모험가들이다. 여관은 깨끗하고 무척 넓다. 큰 대문 여관보다도 방이 더 넓다. 식사도 세 끼 다 준다. 대신 비싸다. 던전으로 물자를 들여오기 힘들어서 뭐든지 다 비싸다. 아라케크 생명석 판 돈으로 방값을 지불하고 나니 돈이 얼마 남지 않았다. 칸칸은 돈 때문에 걱정이 많다. 하지만 늘 긍정적인 쇼는 몬스터를 많이 잡아서 부자 되는 꿈에 부풀어 있다. 요즘은 톤도 쇼의 아무 생각 없이 낙천적인 태도에 전염되어서 꿈에 부풀어 있다.

　아주머니는 우리한테 훈련을 시키지 않아서 다행이다. 큰 대문 여관에서는 낮에는 몬스터 잡고 저녁에는 마법 연습하느라 피곤했다. 아니, 아저씨가 훈련을 시킨다고 그걸 또 시키는 대로 다 했던 우리가 바보였을까?

7월 18일

　패란 구역 몬스터는 네이무스 구역 몬스터보다 크고 강해서 잡기 어렵다. 마법을 이것도 쐈다가 저것도 쐈다가 하면서 수도 없이 쏘고 화살도 계속 쏘고 칼로 여러 번 찔러야 간신히 죽는다. 더 좋은 무기를 빌릴 걸 그랬나. 하지만 돈이 없었으니까…… 아직 3레벨 몬스터는 못 잡았다. 5레벨 몬스터 프나무라스를 두 마리 잡았다. 프나무라스는 강에 사는 물고기 몬스터다. 크기는 1미터에 희끄무레한 피부에 단단한 비늘이 덮여 있다. 이빨이 날카롭고 단단해서 손가락이라도 물렸다간 단번에 잘려나간다. 물고기지만 물 밖으로도 나오기 때문에 조심해야 한다. 간단한 파이어 마법으로 잡을 수 있다. 그것 말고도 곤충처럼 생긴 몬스터가 많다. 지네처럼 생긴 나시프도 있고, 전갈 비슷하게 생겼는데 물에서 사는 크토카무라스도 있다. 보이는 대로 잡아 해체해서 생명석으로 만들었다.

이제는 손발이 척척 맞아서, 어떤 때는 서로 말 한마디 안하고도 몬스터를 잡는다. 몬스터를 보면 톤이 모두에게 보호 마법을 건다. 그리고 쇼가 멀리서 화살을 쏜다. 내가 마법을 써서 공격하면 칸칸이 다가가서 칼로 찌른다. 그 와중에도 나와 쇼가 계속 후방에서 공격하고 톤은 방어 마법을 건다. 슬라임한테도 허둥댔던 때를 생각하면 많이 발전했다. 그땐 정말 엉망진창이었는데. 오래전 일 같은데 겨우 일주일 전 일이다.

큰 몬스터는 아직 못 봤다. 3레벨 몬스터를 잡아야 하는데…… 그러려고 패란 구역으로 내려왔으니까. 더 밑으로 내려갈까 싶기도 한데 나호란 구역은 위험해서 내키지 않는다.

시간이 얼마 안 남았다는 생각에 초조하다. 휴일도 없이 계속 돌아다니면서 몬스터를 잡느라 다들 지쳤다. 방심하다가 몬스터한테 습격당하면 큰일 나니까 긴장을 늦추면 안 된다. 패란 구역은 몬스터뿐 아니라 같은 마법사도 위험하다. 동굴이 어두워서 마법사인지 몬스터인지 구분이 잘 안 가기 때문에, 일단 뭐와 마주치면 지팡이부터 들이댄다. 물론 우리도 누굴 만나면 그래야 한다. 오늘은 서로 화도 많이 냈다. 던전 처음 들어왔을 땐 힘들어도 웃고 농담도 하고 서로 놀리기도 했는데, 지금은 지쳐서 별로 말도 안 한다.

주인아주머니한테 말했더니, 던전이 어둡고 공기도 답답하고 고립된 환경이라서 그렇다고 알려줬다. 우리 태도가 문제가 아니라 환경이 문제라고, 그러니까 식사 때면 반드시 여관에 돌아와서 하루 세 끼 챙겨 먹고 은방울꽃 연못 보면서 쉬라고 한다.

7월 20일

오늘은 다 잡은 투탄카를 다른 파티한테 뺏겼다.

투탄카는 두더지 비슷하게 생긴 몬스터인데 무척 크다. 오늘 놓친 투탄카는 자동차만 했다. 마계에는 자동차가 없으니 마차만 하다고 해야 할까. 투탄카는 3레벨 몬스터다. 그걸 잡았으면 대학에 갔을 텐데, 정말 억울하다.

패란 구역을 다니다가 어른 여섯 명인 파티와 자꾸 마주쳤는데, 왜 자꾸 마주치는지 이상하다는 생각을 못 했다. 그냥 같은 구역을 돌아다녀서 그런가 했다. 아니면 지금까지 나쁜 어른을 못 만나서 그런 생각을 못 했나. 아주머니도 던전 모험가들은 좋은 어른이 많지만 나쁜 어른도 분명히 있으니 아무나 믿지 말라고 했다. 특히 너무 그럴듯하게 좋은 정보는 믿지 말라고 했는데, 그땐 미처 떠올리지 못했다.

어른들이 우리한테 말을 걸고 이것저것 물어보더니, 투탄카가 나오는 동굴을 가르쳐줬다. 던전이 다 동굴이지만 더 좁고 위험한 동굴이 있다. 동굴 안으로 들어가서 파이어 마법이나 라이트 마법으로 불을 밝힌 다음 투탄카를 보면 마법으로 몰고 나오라고 했다. 투탄카가 동굴 밖에서는 동작이 느려져서 쉽게 잡을 수 있다는 거다. 그래서 우리는 아저씨가 알려준 동굴로 들어갔다. 그 안에서 한참 헤매다가 투탄카와 마주쳤다. 어렵게 마법을 써서 동굴 밖으로 몰고 나왔더니, 어른들이 투탄카를 먼저 잡아버렸다.

정말 힘들게 몰고 나왔는데. 투탄카도 위험했고, 투탄카를 쫓으려 내가 만든 파이어 마법에서 연기가 많이 나서 우리가 질식할 뻔했다. 톤이 재빨리 보호 마법을 겹겹이 걸어서 살았지만. 힘든 건 우리가 다 하고 어른들이 입구에서 기다리다가 얌체처럼 편하게 잡아간 것이다. 우리가 잡은 거라고 소리쳤지만 어른들이 투탄카를 벌써 죽이고 생명석까지 꺼낸 다음이어서 어쩔 수가 없었다. 나는 황당해서 말이 나오지 않았다. 칸칸이 소리 지르면서 화를 냈는데 어른들은 실실 웃으면서 무시하고 가버렸다. 생각하면 할수록 분통 터진다. 고등학생한테서 몬스터 뺏으면 기분 좋나?

기운이 빠져서 여관으로 들어왔다. 저녁 먹고 나서 우리는 나호란 구역에 가야 할지 의논했다. 큰 몬스터를 잡으려면 나호란 구역으로 가야 할 것 같다. 톤이 패란 구역에서 투탄카를 더 찾아보자고 했지만, 나머지 셋은 투탄카를 뺏긴 일에 너무 상심해서 내키지 않았다.

나호란 구역까지 갈 처지가 되다니 믿어지질 않는다. 처음 던전 들어올 때는 입구 근처만 다니면서 잡을 계획이었는데 결국 위험 구역까지 가다니. 어쩌면 좋을까…… 나호란 구역이 위험한 이유는 알려지지 않은 구역이 많기 때문이다. 패란 구역까지는 모험가들이 탐험을 많이 해서 지도도 있고 안전한 구역도 있고 마법사들이 다니는 길에는 횃불도 걸려 있다. 우리도 길을 가다 꺼진 횃불이 있으면 마법으로 다시 밝힌다. 모험가들은 다 그렇게 하니까. 나호란 구역엔 길이 없다. 어디가 길인지 어디가 안전하고 어디가 위험한지 모른다. 여관도 없으니 밖에서 밥을 먹고 침낭을 놓고 자야 한다.

3레벨 몬스터는 확실히 있을 것이다. 아마 2레벨 몬스터도 있겠지. 만났다간 우리가 몬스터를 잡기보단 몬스터가 우리를 잡을 확률이 높겠지만. 나호란 구역에 가야 할까 말아야 할까. 밤늦게까지 결정을 못 내려서 내일 아침 일어나서 더 의논하기로 했다.

7월 21일

심각하게 위험한 상황에 처했다. 이 일기가 마지막 기록이 될지도 모른다고 생각하니 어이가 없어서 웃음이 나온다. 하지만 웃을 일이 아니다. 나호란 구역에 내려왔다가 길을 잃었다. 나호란 구역에 들어올 때, 쇼가 농담으로 여기서 길 잃으면 어떡하냐고 말했는데 몇 시간 후 정말 길을 잃었다.

나호란 구역 근처까지 갔다가 발자국을 봤다. 무슨 몬스터인지는 몰랐지만 발자국 크기로 봐서는 대형 몬스터 같았다. 우리는 발자국을 따라갈지 말지 한동안 의논한 다음, 따라가기로 하고 나호란 구역 안으로 들어갔다. 들어가자마자 길이 끊겼고 횃불도 사라져서 깜깜했다. 내가 마법으로 지팡이에 횃불을 켰다. 발자국을 따라갈수록 아라케크가 지나간 자국 같아 보였다. 아마도 아라케크인 것 같다고 우리가 의견을 모았을 때, 갑자기 뒤에서 아라케크가 나타났다. 저번에 잡았던 아라케크의 1.5배는 되는 큰 아라케크였다. 달려오는 아라케크를 향해 내가 마법을 쐈지만 빗나갔고, 쇼가 활을 쏴서 맞췄는데도 아라케크는 멈추지 않고 우리를 들이받았다. 우리는 길옆 경사로 굴러떨어졌다. 내가 바로 지팡이를 들어서 플라이 마법을 걸고 톤도 보호 마법을 걸어서, 다들 바닥에 떨어지지 않고 천천히 내려앉았다. 아라케크도 우리와 같이 떨어졌는데, 바닥에서 한동안 허둥대며 뒹굴더니 내가 파이어 마법을 쏘자 놀라서 도망쳤다. 우리는 아라케크를 따라갔지만 결국 놓쳤다. 그리고 주변을 둘러보니 우리가 어디에 있는지 알 수가 없었다.

　　그다음엔 아라케크를 찾을지 아니면 돌아가서 패란 구역으로 가는 길을 찾을지 선택해야 했다. 칸칸은 아라케크를 잡자고 했고, 쇼는 나호란 구역에서 나가자고 했고, 톤은 자기는 모르겠다고 했다. 내 의견이 전체 의견을 결정하는 순간이었다. 나는 고민하다가 아라케크를 따라가자고 했다.

우리는 아라케크가 간 방향으로 갔다. 두 시간쯤 걸었을 때 어둠 속에 숨어 있던 아라케크를 칸칸이 발견했다. 도망쳤는지 아니면 숨어서 우리를 습격하려고 기다렸는지 모르겠다. 그 둘이 같은 아라케크인지도 확실하지 않다. 아라케크는 다 똑같이 생겼으니까. 큰 아라케크 두 마리를 우연히 연속으로 마주쳤을 수도 있다. 어둠 속으로 파이어 마법과 화살을 쐈는데, 아라케크가 바로 나한테 덤벼서 횃불 마법이 꺼져버렸다. 우리는 어둠 속에서 아라케크와 싸웠다. 톤의 보호 마법만 믿고 아무한테나 마법과 칼을 휘두르고 화살을 쏘았다. 정말 생지옥이 따로 없었다.

긴 이야기를 짧게 줄이면, 아라케크를 잡긴 잡았다. 내가 지팡이로 횃불을 켜서 주변을 둘러보니 우리는 거대한 성에 있었다. 돌로 만든 크고 작은 건물과 구불구불한 길이 복잡하게 얽혀 있는 성이었다. 버려진 지 오래됐는지 다 허물어져가고 있었다. 던전에 누가 왜 성을 만들었는지 모르겠다. 톤은 성 크기로 봐선 드워프가 만든 성은 아니라고 말했다. 악마족이었을까? 아니면 던전 마스터가 지었을 수도 있다. 우리는 나가는 길을 찾아 한참 헤맸는데 밤늦게까지 찾지 못했다. 텐트를 치고 하룻밤 자고 나서 내일 찾을 예정이다.

내가 구조요청 마법을 쏘긴 했다. 하지만 우리가 너무 밑으로 내려와서 구조 마법이 지상까지는 닿을지 모르겠다.

7월 22일

종일 성을 헤매도 출구가 안 나온다. 누가 왜 복잡한 성을 만들어서 우리를 괴롭히는지 모르겠다. 성벽이나 길 곳곳에 있는 문자가 해독이 안 되는데, 고대 이전의 신화시대 문자 같다. 신화시대 문자는 학교에서 안 배워서 읽을 줄 모른다. 번역 마법도 안 통한다.

종일 걷느라 다들 지쳤다. 쇼가 걸어봤자 길이 안 나오니까 차라리 잠시 쉬자고 해서 모닥불을 피우고 둘러앉았다. 저녁도 간단하게 먹었다. 식량이 아직 남아서 다행이다. 나는 발이 아파서 미치겠다. 칸칸은 아라케크를 잡다가 오른팔을 다쳤다. 자기는 괜찮다는데 팔을 위로 잘 들어올리지 못한다. 그리고 결정적으로 다들 겁을 잔뜩 먹었다.

처음엔 아무도 말을 안 하다가, 늘 아무 생각 없이 낙천적인 쇼가 떠들기 시작하자 우리도 마음이 가라앉아서 이런저런 이야기를 털어놓기 시작했다.

많은 말을 했는데 다 적을 수는 없고 기억나는 것만 적어야겠다. 나와 칸칸이 아라케크를 따라가자고 해서 미안하다고 했는데, 쇼와 톤이 왜 사과하냐고 되물었다. 나와 칸칸이 가자고 해서 결국 아라케크를 잡았으니 이제 길만 찾아서 나가면 된다는 거였다. 그건 옳은 말이지만 아무튼 미안했다.

또 기억 나는 건 대학에 가는 이유를 한 명씩 털어놓았던 순간이다. 칸칸은 모험가가 되고 싶은데 집에서 반대했다고 한다. 고등학교를 졸업하면 바로 모험을 떠나고 싶은데, 집에서는 대학에서 마법 공부를 열심히 해서 대마법사가 되라고 해서 모험가는 포기했다. 그래서 대학에 가기 전에라도 던전에 오고 싶었다고 한다. 반 아이들이 다 자기를 싫어해서 파티를 못 짤 줄 알았다가, 내가 가겠다고 해서 무척 기뻤다고 한다. 쇼와 톤도 내가 간단 말에 같이 가고 싶어서 끼워달라고 했는데 내가 선뜻 받아줘서 기뻤다고 말해서 당황했다. 아이들이 나를 그렇게 좋게 생각하는 줄은 몰랐다.

쇼가 자기 노래가 정말 듣기 싫냐고 물어서, 다들 어이가 없어서 웃었다. 쇼가 객관적으로 판단해서 어느 정도 실력이냐고 물으니까, 칸칸이 "듣기 싫은 실력"이라고 딱 잘라 말했다. 쇼는 그래도 포기하지 않고 다시 들어보라면서 또 노래를 불렀다. 톤이 쇼는 자아도취적 성격만 아니면 다 괜찮은데 아쉽다고 말해서 그것도 웃겼다.

톤은 집이 가난해서 부모님도 그냥 고등학교 졸업하면 바로 일하라고 했다고 한다. 하지만 꼭 대학에 가고 싶다고 말했다. 드워프라고 꼭 대장간이나 술집에서 일하고 싶지 않다고 했다. 집에서도 돈이 없어서 던전에 못 보내준다고 하다가, 톤이 고집을 꺾지 않으니까 결국 엄마가 사채를 빌려서 왔다고 한다. 이자까지 꽤 큰돈을 갚아야 한다고 말해서 분위기가 울적해졌다. 다 같이 지금까지 구한 생명석 판 돈을 톤한테 보태주기로 했다. 톤은 무척 수줍어하면서 고맙다고 말했다.

나는 레드 드래곤 대학를 졸업해서 인간한테 유용한 마법을 개발하고 판매하는 회사에 취직하고 싶다고 말했다. 아마 대마왕 고등학교 다니는 인간 학생 열다섯 명 모두 같은 목표일 것이다. 인간 이야기는 재미없어할 줄 알았는데 다들 흥미를 보였다. 인간 중에는 마력이 있어서 마법을 할 수 있는 인간이 있고 아닌 인간이 있다. 마력이 있다고 해도 마법사가 되기로 결심하는 아이는 많지 않다. 마계로 유학을 와야 하니까.

마계 대학에 가려면 고등학교를 마계에서 졸업해야 한다. 고등학교 졸업한다고 대학에 간다는 보장도 없고 취직도 쉽지 않다. 내가 대마왕 고등학교 온다고 할 때도 부모님은 반대했다. 하지만 나는 중학교 성적이 별로였기 때문에, 인간계에서 백수가 되는 것보다 마법사가 낫지 않냐고 설득해서 마계로 왔다. 톤이 나보고 항상 열심히 노력하는 모습이 부럽다고 하자 칸칸도 쇼도 같은 생각이라고 말했다. 내가 뭘 해도 열심히 한다는 것이다. 나는 인간이 오래 살지 못해서 뭐든지 열심히 한다고 대답했다. 다크 엘프는 1,000년 넘게 살고, 드워프와 페어리는 300년 정도 산다.

칸칸이 나보고 뭐든지 아는 척만 안 하면 정말 좋은데 그게 아쉽다고 놀려서 다들 웃었다. 나는 내가 아는 척하는 사람인 줄 몰랐다. 쇼가 하는 말이, 내가 마법을 할 때마다 이건 무슨 마법인데 뭐가 어떻고 하면서 아이들한테 설명한다는 것이다. 내가 그랬나? 부끄러워서 얼굴이 달아올랐다. 앞으론 그러지 말아야지.

대화하니 기분이 나아져서 다들 편한 마음으로 잠이 들었다. 길은 내일 아침 일어나서 찾기로 했다. 칸칸이 성의 중앙으로 가면 전체를 조망할 수 있으니, 출구를 찾지 말고 아예 중앙으로 가서 둘러보고 나가는 방향을 찾자고 했다.

어제 톤이 밤에 자꾸 깨서는, 누가 다니는 소리가 들린다고 말해서 오늘 밤에도 그럴까 걱정이다. 깰 때마다 다시 달래서 재우느라 애먹었다. 던전에 다른 마족이 있을 리 없으니까. 톤이 환청을 듣는 걸까? 그렇다면 심각한 상태인데…… 어째야 좋을지 모르겠다.

7월 23일

정말 많은 일이 일어나서 뭐부터 써야 할지 모르겠다.

피곤한데 흥분이 돼서 잠이 안 온다. 그래서 일기라도 써서 기록으로 남기려고 한다. 정리가 잘될지 모르겠다. 오늘 드래곤을 만났다.

아침에 일어나서 성 중심부로 갔다가 궁전 같은 화려한 건물과 마주쳤다. 뭔가 중요한 게 있을 법하게 생긴 거창한 건물이었다. 다들 호기심이 생겨서 안으로 들어갔더니 드래곤이 잠들어 있었다.

황당한 일이다. 잠든 드래곤과 마주치다니. 이후로 계속 황당한 일이 벌어졌다. 드래곤이 일어나서는 누가 시끄럽게 떠드냐고 소리를 쳤다. 꼼짝없이 드래곤한테 잡아먹히겠구나 싶었는데, 쇼가 넉살 좋게 드래곤이 사는 집인지 모르고 들어왔으니 길을 알려달라고 대답했다.

드래곤은 인간으로 변신해서 우리한테 다가왔다. 평범한 아저씨 모습이었는데 입고 있는 옷은 아주 옛날에나 입을 법한 옷이었다. 드래곤이 지난밤에 시끄럽게 떠들던 게 너희들이냐고 물었다. 어제오늘 누가 자꾸 성에서 시끄럽게 떠들어서 찾아다녔다는 것이다. 누가 지나다니는 소리가 난다는 톤의 말이 옳았다. 몇백 년 잘 자고 있었는데 깨서 기분이 좋지 않다고 했다. 쇼가 잠을 깨워서 죄송하다면서 드래곤한테 자기소개를 하더니 드래곤한테도 이름을 물었다. 쇼가 아무 때나 나서기 좋아하는 줄은 알았어도 드래곤 앞에서까지 이렇게 겁 없이 행동할 줄은 꿈에도 몰랐다. 드래곤이 자기는 나호란이라고 대답해서 깜짝 놀랐다. 여기가 나호란 구역인데 무슨 소리냐고 내가 묻자, 자기가 이 구역을 탐험한 모험가 나호란이라고 말했다. 전설 속의 모험가 나호란이 드래곤이었던 것이다.

나호란의 사연은 이렇다. 던전을 탐험하다가 오래된 성을 발견했다. 탐험에 지치기도 하고 성도 마음에 들어서 조용히 성에서 숨어 지냈다고 했다. 우리가 나호란은 던전을 탐험하다가 실종된 줄 알았다고 했더니, 그러든지 말든지 자기는 상관없다고 했다. 우리보고는 성에 무슨 일이냐고 물었다. 길을 잃었다고 나가는 길을 알려달라고 쇼가 능글맞게 부탁하자 나호란는 정말 귀찮아하면서도 길을 안내했다. 쇼는 어른들한테 부탁을 잘하고 또 어른들은 쇼 부탁을 다 들어준다. 심지어 드래곤까지 들어주다니, 쇼한테는 대단한 무슨 재주가 있는 건지도 모르겠다.

드래곤이 우리보고 죽은 아라케크는 왜 끌고 다니냐고 해서 대학교 입시 때문에 그렇다고 대답했다. 드래곤이 대학교 입시에 대해 전혀 몰라서 설명하기 힘들었다. 나호란은 우리가 어디 학생인지, 교장이 누구인지 물었다. 그런 건 왜 묻나 했는데, 나호란이 쾍쾍스트라나우스 교장과 친척이라고 한다.

나호란이 우리한테 밖으로 데려다줄 겸, 오랜만에 교장도 만날 겸 대마왕 고등학교에 데려다주겠다고 했다. 그래서 던전 밖으로 나갈 수 있으니 일단 따라나섰다. 학교에 간다는 말이 정확히 무슨 말인지 모르고 따라갔던 것 같다. 다들 드래곤을 만나서 당황한 상태였으니까. 나호란은 중간중간 마법을 써서 던전을 통과해 밖으로 나왔다. 그런데 뭔가 이상했다. 던전 입구가 아니라 완전히 다른 곳이었다. 우리는 대마왕 고등학교 지하 미로에 있었다…… 대마왕 고등학교가 느릅나무 숲 던전과 연결되어 있는 줄은 몰랐다. 엄청난 발견이다. 나호란이 왜 몰랐냐고, 학교도 대마왕이 만든 성이고 던전 안의 성도 대마왕이 만든 별장이라고 했다. 두 곳은 포털로 연결되어 있는데 그걸 지금까지 아무도 몰랐던 것이다.

학교는 방학이라 학생은 없고 선생님들만 있었다. 우리는 나호란을 따라 교장실로 찾아가서 교장 선생님과 만났다. 우리가 몇백 년 동안 잠들어 있던 드래곤을 깨워서 데리고 왔는데도, 교장 선생님은 놀라지 않았다. 하기야 교장 선생님도 몇백 년을 살아온 드래곤족 혼혈이니까 놀랄 일도 없겠다. 우리는 배가 무척 고팠는데 때마침 점심시간이라서 교장실에서 다 같이 점심을 먹었다.

그동안 교장 선생님과 나호란은 이야기를 나눴다. 오랜만이고 그동안 무슨 일이 있었는지, 부모님은 잘 계신지 등을 물었다. 누가 결혼했고 누구 자식이 어디 살고 같은, 어른들이 하는 대화를 하는 동안 우리는 옆에서 조용히 점심만 먹었다. 교장 선생님이 죽은 아라케크는 왜 끌고 왔냐고 해서 입시 때문에 잡았다고 대답했다. 교장 선생님이 3레벨 몬스터를 잡다니 축하한다면서, 던전에서 나호란을 만난 이야기를 면접에서 하면 대학교 정도는 쉽게 붙을 거라고 말했다.

그 말에 갑자기 톤이 훌쩍훌쩍 울기 시작했다. 톤이 우니까 칸칸하고 쇼도 따라 울었다. 나는 안 울었다. 나중에 아이들이 나보고 어떻게 안 우냐고 했는데, 그때는 얼떨떨해서 안 울었던 것 같다. 지금 일기를 쓰면서 그 순간을 떠올리니까 눈물이 난다. 하지만 그때는 너무 정신이 없었다.

점심 먹고 난 후 우리는 나호란을 따라 패란 구역으로 다시 돌아갔다. 아라케크를 생명석으로 바꾸고 단풍나무 숲 여관에 두고 온 짐도 챙겨야 했으니까. 나호란한테 안내해줘서 고맙다고 인사하자, 자고 있을 땐 깨우지 말라면서 가버렸다. 또 몇백 년을 자는 건가? 드래곤은 정말 팔자도 좋다.

아무튼 여관에 들러서 아주머니한테 인사하고 짐 챙겨서 네이무스 구역으로 갔다. 큰 대문 여관에 도착하니까 시간이 늦어서 여관에서 하루 자기로 했다. 다들 자고 있는데 나는 잠이 안 와서 이 일기를 쓰고 있다.

다시 생각해도 정말 황당하다. 웃기기도 하고, 어이없기도 하고, 또 기쁘기도 하고…… 우리가 던전에서 길을 잃었다가 잠자던 드래곤을 만났다는 말을 누가 믿을까? 나호란과 함께 교장 선생님을 찾아가지 않았으면 아무도 안 믿었을 것이다. 쓰면서도 믿어지질 않는다.

7월 24일

집에 무사히 돌아왔다. 던전을 나와서 아라케크를 생명석으로 바꾼 다음 같이 아침을 먹고 헤어졌다. 그동안 모은 생명석을 팔았더니 돈이 꽤 나왔다. 톤 어머니가 사채로 빌린 돈을 제하고도 조금 남아서 각자 나눠 가졌다. 아이들과 헤어져서 인간계로 오는데 기분이 이상했다. 지금도 이상하다. 오늘 오전까지는 던전에 있다가 지금은 인간계 내 방에 있으니까.

부모님한테 대학 갈 수 있게 됐다고 말하니까 제대로 이해는 못 하신 얼굴이었는데 그래도 기뻐하셨다. 3레벨 몬스터 두 마리 영수증, 그리고 나호란을 만난 에세이 정도만 준비하면 된다. 생명석 팔아서 번 마계 금화도 만원 지폐로 환전해서 드렸는데 그냥 용돈으로 쓰라고 하셨다. 입시 준비를 했다고 끝난 건 아니다. 아직 2학기가 남았다. 2학기에 마법을 잘 배워야 대학에서도 뒤처지지 않으니까 공부를 열심히 해야 한다.

9월 1일

개학해서 학교 기숙사로 돌아왔다. 칸칸, 쇼, 톤도 다시 만났다. 여름방학 동안 중간중간 몇 번 만났지만 학교에서 친구들을 다시 만나서 좋았다. 학교에서도 기숙사 내 방에 모여서 던전 모험 이야기를 나눴다.

우리가 나호란을 만났다는 소문이 벌써 퍼져서 아이들이 쉬는 시간마다 찾아와 캐물었다. 선생님도 수업 시간에 이것저것 물었다. 쇼는 아이들이 몰려와서 관심을 가지니까 즐거워했다. 나나 톤이나 칸칸은 그런 데 별로 흥미가 없어서 가만히 있었고, 쇼는 스타가 돼서 아이들 질문에 다 대답했다.

성철이가 던전에 간 소문을 들었는데 성철이와 친구들은 망했다고 한다. 우리가 간 '느릅나무 숲 던전'이 아니라 엘프 친구들이 사는 지역과 가까운 '보라색 연못 던전'으로 갔는데 거기서 5레벨 몬스터만 몇 마리 잡았다나. 그걸로 입시는 어림도 없다. 던전에서도 계속 아이들끼리 싸우기만 했고, 특히 나 대신 힐러로 들어간 엘프는 아이들과 사이가 완전히 틀어져서 지금은 말도 안 한다고 한다.

싸울 수도 있다. 우리도 던전에서 많이 싸웠으니까. 하지만 던전은 어둡고 답답한 곳이니까 짜증이 나도 서로 이해

해야 하지 않나? 비싼 돈 주고 가이드까지 구해서 내려갔는데도 몬스터를 못 잡았다는데, 내 생각엔 가이드를 잘못 만난 것 같다. 우리한테 이것저것 알려주던 여관 주인아저씨 아주머니나, 지나가다 만난 모험가들처럼 좋은 모험가도 많지만, 던전 상황을 잘 모르는 고등학생들을 노리는 엉터리 가이드도 많으니까.

　나중에 성철이가 엘프 친구들을 데리고 기숙사 내 방으로 찾아왔다. 2학기에 던전에 다시 갈 예정인데 나한테 같이 가자고 해서 어이가 없었다. 나는 아라케크를 두 마리 잡았는데 던전을 왜 가나? 게다가 던전에 갈 시간도 없다. 성철이는 학기 중간에 학교를 쉬고 간다고 한다. 2학기에 공부할 것도 많은데 내가 왜 성철이를 따라 던전에 가야 하나? 내가 안 가겠다고 하니까 성철이가 계속 매달렸고, 나중엔 친구인데 당연히 같이 가야 하는 거 아니냐고 말해서 화가 났다. 나중엔 듣고 있던 톤도 같이 성철이한테 화를 냈다.

　성철이도 마음이 급할 것이다. 나도 처음에 성철이가 엘프들과 간다는 말을 들었을 때 질투가 났으니까. 하지만 친구인데 따라가야 하는 것 아니냐, 그런 말은 하면 안 되지…… 나중에 성철이가 또 보자고 친한 척하면서 방을 나갔는데 진짜 짜증 났다.

면접 준비를 끝냈으니 나는 2학기에 공부만 열심히 하면 된다. 나호란 드래곤을 만난 에세이는 일기를 참고해서 쓸 생각이다. 일기를 다시 읽어보니 너무 감정 기복이 심해서 좀 웃기기도 한다. 호들갑 떨다가, 지겨워하다가, 슬퍼하다가, 웃다가, 울다가, 정말 많은 일이 있었다.

　2학기에는 무슨 일이 일어날까?

띠링,
이름표가
울리면

1

전학 첫날, 교문 앞에서 엄마는 나의 교복 매무새를 다시 만졌다.

"엄마 쫌! 난 초딩이 아니라 고딩이라고!"

"하린이 너, 잘하겠다는 다짐 잊지 마. 네 이미지는 네가 만드는 거라고."

"어서 가. 5분 남았어."

"우리 딸은 성질이 너무 급해. 이 학교에서는 제발 참아. 참는 자에게 복이 있다잖아."

나는 대답 없이 운동장 정면으로 보이는 적색 건물로 걸어 갔다. 건물 정면에는 커다란 전광판 같은 것이 달려 있었다.

국내 최초 시험 없는 학교

엄마가 이 학교로 전학을 결정한 이유다. 내가 공부를 못하는 이유도 있었지만, 성적에 민감해서 사고를 쳤기 때문이었다. 아무튼 시험이 없다면 나도 모범생으로 다시 태어나고 싶었다.

교무실에 들어가자 기다리고 있었는지 무표정의 담임 선생님이 다가와 고개를 살짝 움직여 인사했다. 등산점퍼를 입은 선생님은 무쌍에 입술이 거의 보이지 않는 입이 언젠가 SNS에서 보았던 티베트 여우를 닮아 있었다. 담임 선생님이 말을 꺼낼 것 같지 않은지 엄마가 먼저 입을 열었다.

"안녕하세요. 오늘 2학년으로 전학 온 노하린이에요."

드디어 작은 입이 움직였다.

"저는 2학년 4반 담임을 맡고 있는 김영국입니다."

엄마는 여태 궁금했는지 참아왔던 질문을 했다.

"그런데 선생님, 진짜 이 학교는 시험이 없나요?"

"네, 없습니다."

"그럼 학생들 성적, 아니 내신은 어떻게 평가해요?"

담임 선생님은 대답 없이 네모난 모양의 작은 물체를 꺼내 보였다. 스위치를 조작하자 화면이 팟 하고 켜졌다. 일종의 전자기기인데 작은 화면이 보였다. 선생님은 내신에 대한 엄마의 질문에 대답하지 않고 생뚱맞은 말을 했다.

"어머님, 하린이가 전학 온 이유를 알고 있습니다."

선제공격인가? 나는 강제 전학을 당했다. 교사에게 대들고 욕을 했다는 이유에서다. 엄마는 부끄러운지 작게 기침을 했다.

"앞으로 그럴 일은 없을 거예요. 그렇지?"

엄마가 나를 돌아보며 물었다. 짜증 나는 상황이지만 다시 태어나기로 했으니 나는 애써 웃음을 보이며 고개를 끄덕였다. 선생님이 화면이 켜진 자그마한 전자기기를 들어 보였다.

"이건 이름표입니다. 학교에서는 항상 이름표를 달고 있어야 해요."

화면에는 내 이름인 노하린과 옆에 4.0(20%)이란 숫자들이 쓰여 있었다.

"쌤, 이 숫자는 뭐예요?"

내가 물었지만 티베트 여우 선생님은 엄마를 보고 말했다.

"내신성적을 물으셨으니 대답해드리죠. 이 숫자는 일종의 평점이라고 생각하면 됩니다. 5점 만점이죠. 괄호 안의 퍼센트는 하린이가 상위 20퍼센트라는 겁니다."

"어머, 전학 오자마자 4점이나."

엄마의 얼굴에 미소가 피어났다. 하긴, 전학 오기 전 학교에서 점수를 따졌다면 난 아마도 1점 이하겠지. 성적이 최하위권이었으니 말이다.

"학교 규정이에요. 전학생은 무조건 4점에서 시작하죠."

"어떻게 해야 점수가 오르나요? 시험을 보지 않는다면서요?"

"그건 차차 알게 될 겁니다. 모범적인 학생은 저절로 점수가 올라요. 하지만……"

선생님이 나를 보고 눈을 가늘게 떴다. 더욱 티베트 여우가 연상됐다.

"선생님께 욕을 하고, 폭력을 행사하면 점수는 금방 곤두박질칠 겁니다."

아까 선제공격을 한 이유다. 조금 억울하다. 난 성격이 좀 다혈질이긴 하지만 자기방어에서 한 일이었다.

"그럴 일 없다니까요, 선생님."

옆에서 엄마가 대신 대답했다. 뭐, 평점에 시험 성적이 들어가지 않는다면 나도 모범생이 될 수 있지 않을까?

담임 선생님과 함께 교실로 들어갔다. 교실 안 아이들이 교복을 단정히 입고 허리를 곧추세우고 있었다. 눈에 띄는 것은 모두 가슴께에 이름표를 달고 있다는 것이다. 이름과 숫자 그리고 퍼센트가 한눈에도 잘 보였다.

"여러분, 예고한 대로 오늘 우리 학급으로 전학 온 학생입니다."

선생님은 가는 눈으로 나를 쳐다보았다. 자기소개를 하라는 소리겠지? 오늘부터 모범생이 되는 거다. 나는 활짝 웃으며 깊이 인사했다.

"안녕하세요. 제 이름은 노하린이에요. 여러분과 잘 지내고 싶어요."

그러자 이름표에서 띠링 소리가 났다. 이름표를 보자 평점이 4.1로 올랐다. 선생님 손에 작은 리모컨이 들려 있었다. 아이들도 과도하다 싶을 만큼 박수를 세게 치며 나를 반겨주었다.

맨 앞의 단발머리 여학생이 활짝 웃으며 말했다.

"반가워, 노하린. 2학년에서 가장 우수한 우리 4반으로 온 걸 환영해."

단발머리 여학생의 가슴 이름표에서 작게 띠링 소리가 났다. 점수가 4.9이었다. 이름표에는 학급회장 민희진이라고 쓰여 있었다.

"감사합니다. 쌤."

선생님의 가느다란 눈이 나를 바라보았다. 규칙을 잘 이해했냐고 묻는 것 같았다. 아, 이런 거구나? 그때부터 너도 나도 내게 인사를 건넸지만, 티베트 여우 선생님의 얼굴은 초월한 수도승처럼 변화가 없었다. 앞쪽 아이들의 이름표를 보자 거의 4점이 넘었다.

"자, 노하린 학생 자리는 창가 맨 끝이란다."

"네, 감사합니다."

인사를 하고 내 자리로 걸어갔다. 의자를 빼고 자리에 앉자 짝인 남학생이 엎드려 있던 몸을 일으켰다. 검은색 티셔츠 차림이었다. 남학생은 팔을 쭉 펴며 기지개를 켰다. 역시나 이름표를 차고 있었는데 점수가 1.3이었다. 퍼센트는 98. 전교 하위권이다. 남학생이 나를 보고 웃었다.

"지옥의 학교에 온 걸 환영해."

"무슨 소리야?"

"말 그대로. 이 학교는 지옥이거든."

띠링. 남학생의 점수가 1.2로 내려갔다. 남학생이 담임 선생님에게 말했다.

"쌤. 전 아무것도 안 했다고요."

"교복도 안 입고, 아침부터 엎드려 자고 있으며, 그리고 짝꿍을 처음 만났으면 자기소개를 해야지."

담임 선생님이 리모컨을 잘 보이도록 들고 흔들었다.

"칫! 난 이지후야. 잘 부탁한다."

"……어, 난 노하린."

이지후의 이름표에서 점수가 다시 1.3으로 올랐다. 이지후는 어깨를 으쓱 올리며 미소 지었다. 담임 선생님이 몇 가지 조례 사항을 말하고 교실을 나갔다.

선생님이 사라지자 교실의 분위기는 순식간에 바뀌었다. 모범생의 교실에서 모범생을 뺐다고 할 수 있을까? 화장품을 꺼내 화장하는 아이, 스마트폰을 꺼내 게임 하는 아이, 교실 뒤에서 테니스공을 던지며 노는 아이들도 있었다.

그때 한 남학생이 던진 공이 튀어 앞쪽 단발머리의 등에 맞았다. 평점이 4.9점인 학급회장 민희진이었다.

"어? 쏘리!"

공을 맞힌 남학생이 테니스공을 주우며 사과했지만, 단발머리 여학생은 매섭게 째려봤다.

"교실에서 공을 던지면 어떡해? 선생님이 계셨다면 너희는 마이너스 0.2점이야!"

"아, 민 회장! 너무하네. 연극은 선생님이 있을 때나 하자고."

"난 연극이 아니라고!"

"아무튼 공을 맞힌 건 미안해."

남학생은 다시 공을 상대방에게 던지며 교실 뒤쪽으로 갔다. 그때 누군가 '선생님 오신다!'라고 소리쳤고, 교실은 순식간에 조용해졌다.

정신이 하나도 없었다. 내가 멍하게 아이들을 보고 있자 옆에서 이지후의 목소리가 들렸다.

"여기가 지옥이 아니라면 어디가 지옥일까?"

나는 이지후를 돌아보았다. 낮은 점수를 받고 있으면서도 태평하게 웃고 있다.

"첫 시간은 국어야. 국어 선생님은 지옥의 염라대왕이니 점수 관리하려면 조심해."

2

국어 선생님은 키가 2미터는 되어 보였다. 검은 피부에 각진 얼굴이 터미네이터의 아놀드 슈워제네거를 연상시켰다. 나는 침을 꼴깍 삼킨 후 이지후를 돌아보았다.

"때리지는 않지?"

이지후는 내 질문이 재밌는지 검지를 좌우로 흔들며 실실 웃었다.

"이지후! 집중 안 해?"

염라대왕의 불호령이 떨어졌다. 선생님은 리모컨을 들었고, 이지후의 점수가 내려갔다.

"쌤, 제가 뭘 어쨌다고요?"

염라대왕은 다시 리모컨을 들었고, 점수가 띠링 하고 또 내려갔다. 드디어 이지후는 1.1점이 되었고, 점수 옆에 100이라는 숫자가 생겼다. 100퍼센트, 전교 꼴등이라는 말이다. 어쩐지 미안했다. 나 때문에 점수를 깎인 것 같아서 손을 들었다.

"쌤, 제가 먼저 말을 걸었어요."

"내가 엄연히 보고 있었다. 넌 전학생 같은데 한 번은 봐 주지. 아무튼 점수 관리하려면 그놈하고는 상종 안 하는 게 좋을 거다."

수업이 시작되었다. 염라대왕이 가져온 노트북을 연결하고 빔프로젝트를 켜니 국어 교과서 화면이 칠판에 떴다. 나는 국어 노트 끝에 '미안해'라고 적은 후 이지후에게 밀었다. 이지후는 내 사과를 본 것 같았지만, 표정은 굳어 있었다. 전교 꼴등이 되어 화가 났을까?

아무튼 국어 수업은 질문의 연속이었다. 질문에 답을 하면 점수가 올랐다. 태도가 흐트러지거나 조는 학생은 점수를 깎였다. 나는 전학 첫날이라 긴장해서 그런지 잠은 오지 않았다. 정신만 차리고 있었더니 점수가 유지되었다. 4교시 체육 시간에는 뜀틀을 했는데 10단을 넘었더니 점수를 올려주어 4.2점이 되었다. 상위 17퍼센트였다.

내가 상위 17퍼센트라니, 시험이 있었다면 언감생심 있을 수 없는 점수다. 내신 상위 17퍼센트라면 2.7등급 정도다. 수도권 대학도 노려볼 수 있는 점수였다.

"점심시간이네. 식당은 운동장 옆 건물이야."

이지후가 나를 보고 말했다.

"같이 갈래?"

"난 지금 못 가. 넌 5분 후부터 가도 되고."

이 학교에서는 점수가 높으면 여러 가지로 편했다. 점심시간에 점수가 높은 순서대로 배식이 이루어졌다. 맨 처음에는 4.5~5점까지가 급식을 받고, 0.5점 단위로 5분씩 뒤로 밀렸다. 1.1점인 이지후는 35분 후에나 급식을 받을 수 있었다. 점심시간이 50분인 것을 생각하면 촉박한 시간이었다. 그래도 아무것도 모르는 첫날 혼자 급식실에 갈 수 없다. 배가 고프지만 이지후랑 같이 가야 했다.

"지후야. 식당에 같이 가줄래?"

"그래."

교실에서 35분을 기다렸다. 시간이 되자 이지후의 다른 반 친구 몇몇이 교실로 들어왔다.

"어, 오늘 전학생이 와서 안내해야 해. 너희들끼리 먼저 가."

나는 친구들의 이름표에 눈이 갔다. 신기하게도 두 부류가 있었는데, 4점이 넘는 고득점자와 1점대의 점수가 낮은 아이들도 있었다. 친한 친구들인지 4점대 학생은 일찍 급식을 받을 수 있으면서도 점수가 가장 낮은 이지후를 기다린 것이다. 친구들은 나를 보고는 손을 흔들어 인사하고는 식당으로 향했다.

"자, 그럼 우리도 가볼까?"

"미안해. 친구들이 있다고 미리 얘기하지."

이지후는 활짝 웃으며 손을 흔들었다.

"신경 쓰지 마."

급식실에 가장 마지막으로 가니 문제가 있었다. 밥은 떡져 있고, 국은 차갑게 식었다. 심지어 후식으로 나온 아이스크림은 뜯자마자 흘러내렸다. 이지후가 벽에 걸린 냅킨 통에서 냅킨을 몇 장 뽑아다 주었다.

"고마워. 으…… 늦게 와서 녹았나봐."

이지후는 아이스크림 비닐을 조심히 찢어 녹은 아이스크림을 먹었다.

"점수 낮은 학생들이 받는 처사야. 뭔가 불공평하다고 생각하지 않아?"

맞는 말이다. 불공평하다. 급식을 늦게 먹는 것은 학교에서 가장 서러운 일이다. 하지만 이제 급식실 위치도 알고, 급식 받는 순서도 알았으니 내일부터는 일찍 먹을 수 있다. 난 쉬이 대답할 수 없었다.

그렇게 아이스크림까지 먹자 예비 종이 울렸다. 벌써 오후 수업을 준비해야 한다. 이지후는 남은 아이스크림을 입에 넣더니 자리에서 일어났다.

"일어나자. 벌써 종 쳤네. 이게 점수 낮은 자들의 비애지."

나는 대답 없이 일어났다. 얼른 화장실에 갔다가 교실로 들어갔다. 오후 수업이 시작되었다. 전학 첫날이라 그런지 정신이 말짱했다. 하지만 조는 학생들이 있었고, 선생님들은 어김없이 점수를 깎았다. 옆자리 이지후를 보니 졸 때도 있고 열심히 수업을 들을 때도 있었다. 나는 기초가 워낙 부족했지만, 졸지만 않으면 된다는 생각에 칠판을 열심히 들여다봤다. 그렇게 하루가 끝났다.

청소 시간에 대걸레를 들어 바닥을 닦고 있는데 회장 민희진이 다가왔다.

"점수 관리 잘하네. 너 동아리 뭐 할 거야?"

동아리라…… 특별히 생각해보지 않았는데. 전 학교에서는 등산부에 들었다. 등산부는 뒷동산만 오르면 끝이었다. 일찍 끝나고 노는 시간이 많아서 좋았다.

"넌 무슨 동아리야?"

"수평제. 일종의 학생 자치회지. 우리 동아리에서 모든 학생 행사를 계획하고 운영하고 있어."

민희진은 주위를 한번 둘러보고는 나에게 가까이 다가와 속삭였다.

"쌤들도 우리 동아리를 밀고 있어. 무슨 말인지 알지?"

하나도 모르겠는데? 나의 표정을 보고는 민희진이 고개를 살짝 저었다.

"우리 동아리에 들면 수평관에 들어갈 수 있어. 수평관은 15인 면학실이야. 인체공학적으로 설계된 개인 책상이랑 의자에 은나노 공기청정기가 매일 돌고 있고, 정수기도 있어서 커피도 타 먹을 수 있다고."

뜨거운 물이 나온다면 컵라면도 먹을 수 있겠네? 앗, 아니다…… 나는 주먹으로 내 머리를 쥐어박았다. 새로 태어나기로 했으면서 겨우 컵라면이라니.

"왜 그래?"

"아니야. 나도 들어갈 수 있어?"

"아직."

"아직이라니?"

"그러니까 4.5점 이상 되어야 면접을 볼 수 있거든."

전학 전이라면 뭔 잘난 체야, 라고 생각했겠지만 지금 내 점수와 겨우 0.3점 차이다. 그리고 민희진 이름표의 퍼센트 수치, 1퍼센트다. 민희진이 전교 1등일까? 나도 민희진 같은 애들이랑 수평제에 들 수 있을까?

"오늘만 0.2점이 올랐으니 며칠만 있으면 4.5점 넘겠네. 더 힘내봐."

민희진은 눈치가 빨랐다. 그 한마디에 내 마음이 움직였다. 이 학교, 시험이 없는 학교에서라면 불가능하지 않을 것 같았다. 벌써 인싸가 된 느낌이었다.

"알려줘서 고마워."

민희진이 가자 뒤통수가 따가운 느낌이 들었다. 고개를 돌리자 짝꿍 이지후가 보고 있었다. 나의 탐욕을 비웃는 것처럼 생글생글 웃고 있었다.

"왜?"

"전학 첫날이긴 하지만 넌 쟤네들처럼 살고 싶냐?"

"무슨 소리야?"

"SNS처럼 살고 있잖아. 점수를 올리기 위해서 가면을 쓰지. 선생님 앞에서는 목소리를 알랑거리고, 불공평한 규칙에도 군말 없이 따르고 말이야."

우리는 SNS에 카페 사진을 올리고, 여행 사진을 올린다. 물론 자랑하고 싶은 마음에 과장되게 올리기도 한다.

"하지만 이건 내신 점수라고. SNS랑 달라. 점수가 낮아서 대학 못 가면 어떡해?"

"대학 못 간다고 세상이 무너지지는 않아. 그리고 정시를 봐서 가는 방법도 있고."

내 성적으로는 수시로도 정시로도 수도권 안의 대학을 가기는 불가능하다. 하지만 가능성이 있다면 노력은 해봐야 하는 거 아닌가.

"난 이 학교가 좋아. 내게 딱 맞는다고."

이지후의 웃는 얼굴이 갑자기 진지해졌다.

"아까 염라대왕한테 자기 잘못이라고 하길래 조금은 달리 봤었는데……"

난 새로 태어나고 싶다. 공부 못 한다고 무시당하고 차별받는 것이 싫다.

"그때는 미안해. 나 때문에 점수를 깎여서."

"그깟 점수 나는 신경 안 써."

"아무튼 생각해줘서 고마워."

나의 눈에 이지후의 이름표가 눈에 들어왔다. 100퍼센트 전교 꼴등의 이름표가 눈에 들어왔다. 누구라도 1.1점의 친구를 사귀는 것보다는 4.9점의 친구를 사귀기를 원할 것이다.

3

　다음 날 아침 조례 시간에 티베트 여우 담임 선생님이 교단에 섰다.

　"어제 학교 신문고에 신고가 들어왔다. 권칠성, 오은종, 학교 5층 화장실에서 담배를 피웠더군."

　교실 뒤쪽 두 남자아이가 주먹을 부르르 떨었다.

　"이의 없나?"

　권칠성이 책상을 박차고 일어났다.

　"도대체 누가 신고한 거예요?"

　"비밀이 보장된 것이 신문고 아니겠니? 어때, 억울하면 너희가 담배 피우는 사진이 딱 올라와 있던데 확인해볼래?"

　"됐어요."

　권칠성이 자리에 앉았다. 담임 선생님은 리모컨을 눌렀고, 0.5점의 큰 점수가 깎여 내려갔다. 권칠성은 3.7점, 오은

종은 3.5점이 되었다.

두 학생은 범인을 찾으려는 듯 교실의 학생들을 두리번거리며 노려보았다.

"애써 모은 점수를 한 방에 깎아먹었네. 크큭, 쟤네들이라면 쌤들한테 알랑거리면서 금방 회복하겠지만 말이야."

이지후가 혼잣말을 했지만, 아이들이 잘못한 건 맞다. 담배는 싫다. 본인뿐만 아니라 타인에게도 피해를 준다. 게다가 학교는 금연 건물이라 어른들도 못 피운다고 들었다. 의문은 권칠성과 오은종이 원래 4.2점, 4점의 높은 점수였다는 것이다. 담배를 피우는 아이들에겐 어울리지 않는 점수였다.

"점수 받는 방법이라도 있다는 거야?"

"지옥에서 점수를 받으려면 악마에게 영혼을 팔아야겠지."

"장난하지 마. 난 진지해."

이지후는 피식 웃기만 했다.

나는 교과서를 폈다. 내가 한 만큼 점수를 받는다. 그게 이 학교의 법칙이다. 전학 왔을 때부터 나는 모범생이 되기로 결심했다. 점수를 올릴 것이다. 그래서 수평관에도 들어가고 대학도 갈 것이다.

복도에서 선생님을 만나면 깍듯이 인사했고, 수업 시간에도 정신을 바짝 차렸다. 하지만 이렇게 다들 하는 단순한 행동만으로는 점수를 올릴 수 없었다.

수업 시간에 대답도 하고 선생님이 내준 문제도 풀어야 하는데, 도통 무슨 소린지 모르겠으니 어쩔 수 없었다. 수업에 집중할 수 없으니 전학 오기 전처럼 졸음이 쏟아졌다. 나는 허벅지를 꼬집으며 버텼다. 일단 4.2점이라도 유지해야 한다.

드디어 급식 시간을 알리는 종이 울렸다. 배에서 요동이 쳤다. 하지만 염라대왕은 수업을 마칠 생각이 없는 듯 보였다.

"너희 반은 공부를 잘 안 해서 진도가 다른 반보다 늦다. 오늘은 좀 더 해야겠다."

염라대왕은 아무렇지도 않은 듯 수업을 이어나갔다. 반장은 맨 앞에서 열심히 필기를 하고 있고, 점수가 낮은 아이들은 고개가 시계를 향해 자꾸 돌아갔다.

"너 이놈! 어디서 선생님이 수업을 더 해주시는데 시계를 봐!"

띠링 하고 한 남학생의 점수가 깎였다. 우리의 자유를 빼앗다니, 그것도 급식 시간을 말이야! 하지만 점수 때문에 아무도 불만을 말할 수 없었다. 귀한 시간이 벌써 5분이나 지났다. 나의 급식 시간이다. 제기랄, 내 안에서 점차 욕이 피어올랐다.

"4반 잘하자."

드디어 염라대왕의 수업이 끝났다. 급식실로 뛰어가려고 자리에서 벌떡 일어섰다.

"같이 안 가도 돼?"

이지후가 기지개를 켜며 물었다. 시간도 늦었지만, 오늘은 나의 최애 메뉴인 마라탕이 나온다. 한시도 지체할 수 없다.

"오늘은 아침도 굶어서 말이야."

내가 최대한 난감한 표정을 지으며 말하자 이지후는 비릿한 웃음을 지었다.

"알았어. 난 이따 친구들이랑 가면 돼."

나는 쏜살같이 뛰었다. 늦었다. 10분이 되면서 밖에서 대기하고 있던 3점 후반대 아이들도 급식 줄에 합류했다. 이런 낮은 점수 놈들, 저리 비키지 못해! 난 4.2점이라고!

나는 아이들을 밀치며 줄로 끼어들었다. 그러던 찰나, 급식을 받아 오는 아이와 내 다리가 겹쳤다. 여학생은 순간 중심을 잃었는지 식판을 엎지르고 말았다. 빈 테이블에 엎어진 마라탕 빨간 국물이 하얀 테이블 위로 퍼졌다. 근처 아이들이 소리를 질렀고, 급식 지도를 하던 선생님이 달려왔다.

"뭐야? 왜 이렇게 소란스러워? 급식실에서는 조심해야 하는 거 모르니?"

"누가 발을 걸었어요."

여학생은 독기가 오른 눈을 돌려 내 쪽을 보았다. 당장 나가서 미안하다고 말하고 엎질러진 국물을 같이 닦아주고 싶었지만, 선생님이 리모컨을 꺼내는 것을 보자 몸이 움츠러들었다.

"누가 발을 걸었는데?"

선생님이 아이들 쪽을 훑어보았지만, 모두 모르쇠로 고개를 돌렸다. 사람은 많았고, 누구 다리와 부딪쳤는지 아무도 모를 것이다. 나도 양심을 저버리고 고개를 돌려버렸다.

"네가 조심했어야지."

띠링 소리가 나며 여학생의 점수가 0.1점 깎였다.

"쌤, 제 잘못이 아니라니까요!"

마라탕이 죄지…… 아이들이 점점 더 몰려들었다. 선생님은 리모컨을 다시 들었다.

"어서 치워라. 네 부주의 때문에 급식실이 더 어수선해지잖니?"

여학생은 당장이라도 눈물이 터질 것 같은 눈이 되었다. 점수까지 깎였으니 억울할 것이다. 하지만 지금 나설 순 없다. 가뜩이나 점수 올리기 어려운데 여기서 깎일 순 없다……

띠링, 이름표가 올리면

내 차례가 되어 마라탕을 한가득 받았다. 국물을 떠 입에 넣었다. 마라탕의 알싸한 맛이 혀를 자극했지만 어쩐 일인지 하나도 맛있지 않았다. 식욕도, 배고픔도 다 사라지고 없었다. 나는 숟가락을 탁, 하고 테이블에 놓았다.

저 멀리 휴지로 테이블을 닦고 있는 여학생이 보였다. 나는 거의 먹지 않은 식판을 들고 일어나 퇴식구로 가서 음식물을 쏟아버렸다.

4

나는 과학 실험이 좋다. 비록 공부는 못하지만 활동은 좋아한다. 예전 학교 과학부에서 '초파리의 돌연변이 형질 관찰'이라는 실험캠프가 계획되었다. 거기 들고 싶어서 신청서를 열심히 작성했다.

신청서에는 과학을 좋아하는 이유, 실험에서 배우고 싶은 내용, 돌연변이에 대한 이해 등의 질문이 있었다. 신청자가 넘친다면 이 질문에 답한 내용을 보고 참가자를 선발한다고 했다. 나는 질문지 가득 답을 써넣었다. 할 말이 많아 칸을 넘겼고, 질문지 뒷면까지 활용해 답을 적어 내려갔다.

친구들도 너의 열정은 못 당하겠다고 말했다. 나는 그만큼 초파리 돌연변이를 관찰하고 싶었다. 드디어 실험캠프 참가자가 발표되었다. 너무 당연하게 붙을 거라고 생각했을까? 내 이름은 없었다.

   같은 반 친구의 이름은 있었다. 친구는 대충 적고 탈락해도 할 수 없다고 말했었는데. 나는 실험캠프를 운영하는 과학부로 찾아갔다.

   "쌤! 왜 제가 탈락이죠?"

   실험캠프 담당 선생님은 생명과학을 가르치는 선생님으로 학교 과학부장이다. 수업에서도 엄청 깐깐했다. 졸기라도 하면 초고음 목소리가 귀로 와서 박혔다. 수행평가에서는 3색으로 화려하게 표현하지 않아서 점수를 깎기도 했다. 남학생들은 생물 마녀라고 불렀다.

   "실험캠프 참가자는 발표된 대로다. 선생님들이 선발한 결과야."

   "보여주세요. 어떻게 선발했는지 근거를 보여달라고요."

   생명 선생님의 안경 속 눈빛이 날카롭게 빛났다.

   "얘가 왜 이래?"

   "안내장에는 질문에 답한 내용을 보고 선발한다고 쓰여 있었잖아요. 저보다 못 쓴 아이들이 선발되었다고요."

"이게 어딜 대들어? 네가 평소 이렇게 싸가지 없게 대드니 선발되지 않은 거야!"

말도 안 되는 소리다. 나는 수업 시간에 자긴 했어도 대든 적은 없었다.

"그렇다면 무효예요. 싸가지 없어서 선발되지 않았다면 선발 기준에 부합하지 않는다고요!"

"넌 무조건 탈락이야. 선발 권한은 행사 운영자인 나한테 있다고!"

상황이 심각해지자 주변 선생님들이 일어나 생명 선생님과 나를 말렸다. 나는 주먹을 부르르 떨었다. 화가 막 올라오려고 했다.

"교장실로 갈 거예요! 아니 교육청에 신고할 거예요!"

"어디서 협박이야! 선생님들 들었죠? 쟤가 말하는 것 분명히 들었죠?"

생명 선생님이 제 편을 만들려는 듯이 주변 선생님들을 보고 침을 튀기며 말했다. 음악 선생님이 내 어깨를 잡아 돌려세워 등을 밀었다.

"하린아, 왜 그래? 일단 진정해라. 교실로 가 있어."

나는 과학부에서 나와 문을 닫고 복도에 섰다. 안에서 생명 선생님이 다른 선생님들에게 하는 소리가 들렸다.

"쟤는 실험캠프 필요도 없어요. 다른 공부 잘하는 애들이나 생기부 때문에 필요하다고요. 지가 들어오면 공부 잘하는 애들 앞길 막는 것을 몰라서 그러는지 모르겠네."

내 머리가 생각하기도 전에 발이 움직였다. 더 있다가 무슨 말을 들을지 몰라서 본능이 과학부에서 멀어지고 싶었을 것이다.

눈이 뜨거워졌다. 화장실이 보여 뛰어갔다. 빈칸으로 들어가 뚜껑을 내리고 그 위에 앉았다. 눈물이 쏟아져 내렸다. 무릎을 세워 가슴으로 끌어당겨 얼굴을 파묻었다. 억울함과 서러움이 합쳐져 심장을 누르는 것 같았다.

이건 차별이다. 공부 못한다고 실험캠프에 참가하지 못하게 하다니…… 불합리, 불공정한 행위다.

이런 차별주의자를 학교 선생님으로 볼 수 없다. 나는 세수를 하고 1층 교장실로 내려갔다. 노크하고 들어가자 이미 생명 선생님이 와 있었다. 소파에 앉아 휴지로 눈물을 찍어 내고 있었다. 아니, 올 사람은 누군데……

양복에 검은색 뿔테 안경을 쓴 교장 선생님이 상황 파악을 하더니 나에게 말했다.

"학생이 노하린인가?"

나는 고개를 끄덕였다.

"여기 생명 쌤에게 사정을 들었다. 같이 이야기해도 될까?"

내가 나쁜 악당이 되어 있겠지. 피하면 안 된다. 사실을 말해 차별주의자 생물 마녀의 진짜 모습을 밝혀야 한다. 나는 어깨를 펴고 들어가 생명 선생님 맞은 편에 당당히 앉았다.

"교장 선생님, 실험캠프 안내문에는 분명히 신청서에 작성한 내용을 바탕으로 선발한다고 되어 있었어요. 그리고 복도에서 생명 쌤이 하는 소릴 들었어요. 제가 공부를 못해서 떨어뜨린 거라고요."

생명 선생님은 그 말을 내가 들은 것을 알고는 어깨를 움찔했다. 교장 선생님은 고개를 돌려 생명 선생님을 바라봤다.

"사실입니까?"

"교장 선생님, 아시잖아요. 신청서에는 쓰여 있지 않았지만, 성적이 포함된다는 것을요. 이건 이과생들에게 정말 필요한 행사라고요."

"그럼 진작에 성적이 들어간다고 쓰지 그랬어요? 5등급 이하 학생 신청 금지라고요!"

나의 말에 교장 선생님이 헛기침을 했다. 내 말이 불편한 것이다. 생명 선생님은 잘 걸렸다 싶은지 교장 선생님 앞으로 몸을 바짝 붙였다.

"이거 보세요. 교장 선생님. 이 학생은 항상 이렇다니까요? 머리는 노란색으로 염색해, 교복은 안 입고 추리닝을 입고 있어 교칙 위반이고, 수업 시간에는 매일 자요. 이 학생이 실험캠프를 한다고요? 지나가는 개가 웃죠. 그냥 신청했다가 재미없으면 관두겠죠. 그래서 제가 제외한 거라고요."

나도 모르게 자리에서 벌떡 일어났다. 쥔 주먹이 부르르 떨렸다. 눈물도 흘렸다.

"선생님이 어떻게 알아요? 제가 실험을 좋아하는지 싫어하는지 어떻게 아냐고요?"

"하나를 보면 열을 아는 거야. 평소 네 외모와 태도를 봐라."

더는 듣고 싶지 않았다. 가슴 안에서 분노가 터져 나왔다.

"닥쳐! 이 차별주의자 미친년아!"

생명 선생님은 내 기세에 눌렸는지 어깨가 움츠러들었다.

"뭐? 너…… 교장 선생님 들으셨죠? 저한테 어떻게 하는지 보셨죠?"

나도 교장 선생님을 돌아보았다.

"교장 선생님, 학교에 공정이란 없는 건가요?"

"그만! 지금 넌 교권을 침해하고 있다."

"교권만 있어요? 학생 인권은 없어요?"

"그만!"

교장 선생님도 생명 선생님 편이었다. 나는 울분이 터져

나와 소파에 파묻혀 울었다. 울다가 분노가 치밀면 소리치고 다시 울었다. 상황이 어떻게 흘러갔는지 모르겠다. 담임 선생님이 엄마에게 연락했고, 엄마가 와서 나를 데리고 집으로 갔다.

나는 등교가 중지되어 학교에 가지 못했다. 웃기는 상황이 발생했기 때문이다. 생명 선생님이 교권 침해로 날 신고한 것이다. 정신과 치료를 받는다나? 오히려 내가 가해자가 되어 있었다. 난 엄마에게 호소했다. 내가 피해자라고, 성적 때문에 차별받은 이야기를 했다. 생명 선생님에게 정서적 폭력을 당했다고 주장했다.

그리고 며칠 후 교권보호위원회에 불려 갔던 엄마가 피곤한 모습으로 돌아왔다. 지쳤는지 핸드백을 바닥에 놓고는 식탁 의자를 빼서 앉았다. 그러고는 엄지로 지그시 관자놀이를 눌렀다.

"엄마? 어떻게 됐어?"

엄마는 웃었다. 하지만 애써 웃는 것임을 알 수 있었다.

"하린아. 교장 선생님이 학교를 하나 소개시켜줬어."

"뭔 소리야? 나보고 전학 가라는 거야?"

"그 학교는 시험이 없대. 성적으로 학생을 판단하지 않는다는구나."

"엄마! 피해자는 나야."

엄마는 스마트폰을 조작하더니 녹음파일을 하나 틀었다. 교장실에서의 상황이 녹음되어 있었다. 내가 울부짖으며 욕을 했다. 공정하지 못한 학교를 욕했고, 말리는 교장 선생님에게도 몹쓸 말을 했다. 내가 이렇게 세게 욕을 했던가? 너무 흥분해서 자세한 기억이 없다.

"전학 간다면 교권보호위원회는 열지 않겠다고 하더구나. 징계는 없을 거라고……"

엄마는 눈물을 흘리기 시작했다.

"엄마……"

그러고 보니 엄마의 무릎 부분에 하얀 먼지가 묻어 있었다. 학교에서 얼마나 사죄했을까? 내 잘못 때문에 무릎을 꿇고 빌고 또 빌었을 것이다. 그렇게 난 시험이 없는 학교로 전학 간 것이다.

5

아침에 일어나 이름표를 달았다. 4.2점 점수에는 변화가 없었지만, 퍼센트가 20퍼센트로 낮아졌다. 다른 상위권 학생들이 점수를 높이기 위해 노력하고 있기 때문일 것이다.

엄마가 내 이름표를 보며 활짝 웃었다.

"어머머, 우리 딸 고득점을 잘 유지하고 있네."

"엄마, 우울하면서 점수가 높은 딸이 좋아? 밝으면서 점수가 낮은 딸이 좋아?"

엄마는 순간 표정이 멈췄지만, 다시 활짝 웃었다.

"당연히 어떤 딸이라도 상관없지."

말은 이렇게 했지만 엄마가 이렇게 좋아하는 모습을 본 적이 없었다. 뭐, 매일 사고만 쳤으니 그럴 만하다.

"학교 다녀오겠습니다."

엄마는 주먹을 쥐며 파이팅을 외쳤다.

교실에 들어오자 이지후가 책상에 엎드려 자고 있었다. 내가 의자를 빼고 앉자 힘겹게 몸을 일으켰다.

"어젯밤 늦게까지 게임이라도 한 거야?"

"게임이라니? 책 봤어."

이름표에 1.3점이라고 되어 있었다. 1점대가 책이라니, 어울리지 않는걸. 이지후는 가방에서 두꺼운 책을 하나 꺼냈다. 제목이 《총, 균, 쇠》다.

"너도 읽어볼래? 진짜 재밌어."

"작가 이름이 제러드 다이아몬드? 뭐야, 이름이 장난이야?"

이지후는 헛, 하고 바람 빠지는 소리를 냈다. 이건 분명히 나의 짧은 지식에 놀라는 소리다.

"농담이야, 농담. 소설이야?"

나는 얼른 변명 아닌 변명을 했다.

"이 책은 왜 지역마다 문명의 발달이 다른지에 대한 뛰어난 통찰을 보여주는 교양책이야. 무려 퓰리처상을 수상했지."

"왜 이런 어려운 책을 읽는데?"

"왜라니? 세계적인 석학들의 통찰을 배우기 위해서지. 물론 독서토론 동아리에서 정한 책이긴 하지만 말이야."

"독서토론 동아리? 그 점심 같이 먹는 아이들?"

"맞아."

뭐야. 뭔가 대단해 보인다. 잠깐 독서토론 동아리에 들고 싶은 마음이 생겼지만, 아니다. 엄마를 기쁘게 해주기 위해서라도 수평제에 들어야 한다.

누군가 '선생님 오신다!'라고 외쳤고, 어지러운 교실엔 순식간에 침묵이 찾아왔다. 티베트 여우 담임 선생님과 뒤이어 학생부장 선생님이 들어왔다. 옆에서 이지후가 복화술로 빠르게 속삭였다.

"학생부장 별명이 포인트 슬래셔야. 조심해."

염라대왕 선생님은 외모도 무서웠지만, 학생부장 선생님

은 그저 흰머리의 푸근한 할아버지 같았다. 학생부장은 들어오자마자 리모컨을 꺼냈다.

"어제는 급식실에서 혼란이 있었다. 그 혼란을 틈타 자신의 급식 시간도 아닌데 들어와서 식사를 한 학생들이 있었지. 자수하면 0.1점, 자수하지 않으면 0.2점의 감점이 있을 거다."

조용한 교실에서 의자 끄는 소리가 들렸다. 중간쯤 앉은 여학생 둘이 일어섰다. 아마 이름이 최명원, 김민지였지?

"쌤, 겨우 1분이었다고요."

최명원이 억울한 목소리를 냈지만, 학생부장 선생님은 매정하게 리모컨을 눌렀다. 띠링 소리를 내며 점수가 내려갔다. 둘 다 모두 3.3점이 되었다.

"지금 CCTV를 판독하고 있는데 확인해볼래? 어때? 내기 해볼래? 1분당 0.1점. 너희가 1분 늦었다면 내 사과의 뜻으로 지금 깎은 점수는 무효로 하고 오히려 0.1점 올려주지."

최명원과 김민지는 자리에 앉았다. 최명원이 억울한지 책상에 엎드렸다. 어깨가 출렁거렸다.

"규칙을 지켜라. 어려운 것 하나도 없잖니? 그저 규칙, 규칙만 지키면 너희는 고득점에 도달할 수 있어."

포인트 슬래서는 더 자를 포인트가 있는지 학생들을 돌아보았다.

"또, 자수할 학생들 없어?"

아무도 없자 선생님은 주머니에서 쪽지 하나를 꺼냈다.

"어디 보자. 누가 자신의 식사 시간을 어겼는지 CCTV 분석 결과를 볼까?"

그때 뒤에서 한 남학생이 벌떡 일어났다. 김승표란 학생이었다.

"쌤, 저요. 자수한 거지요?"

"그래. 다음에는 더 정직하게 살렴."

학생부장 선생님이 리모컨을 누르자 0.2점의 점수가 깎였다.

"쌤! 너무합니다."

"지금 이의를 제기하는 거니? 앉아라."

"저야말로 진짜 1분이었다고요."

"지도 불응."

학생부장은 리모컨을 눌렀다. 점수가 0.1점 더 깎였다.

"어디 더 해볼래?"

김민철은 얼굴이 새빨개지며 자리에 앉았다. 포인트 슬래셔라는 별명이 그저 있는 것이 아니었구나.

"지금 이런 문제가 생긴 것은 어제 급식실에서 식판을 엎지른 혼란 때문이었다. 식판을 엎지른 작은 사건이 나비효

과가 되어 일이 이렇게 커진 거지. 하지만 혼란을 일으킨 학생은 자기 잘못이 아니라고 우기고 있다. 누가 발을 일부러 걸었다는 거지."

등줄기가 서늘했다. 침이 꼴깍 넘어갔다. 학생부장 선생님이 든 리모컨이 〈13일의 금요일〉에서 제이슨이 든 커다란 칼로 보였다. 저 칼로 내 포인트를 난도질할 것 같았다.

"혹시 이 반에 발을 건 학생이 있을까?"

비릿한 웃음으로 학생들을 둘러보는 학생부장. 분명히 알고 온 것이다. 김승표의 점수를 깎을 때, 종이를 펼쳤다. CCTV 분석을 한 것이다. 분명히 여학생 옆에 있던 내가 찍혔을 것이다. 지금 일어나야 한다. 그래야 점수가 최소한으로 깎인다.

"일부러 발을 걸지는 않았어요."

자리에서 일어나는 것뿐인데 거인이 어깨를 누르는 것처럼 힘들었다.

"전학생 노하린. 그 점수는 네게 어울리지 않지."

학생부장 선생님이 리모컨을 내게 가리키고 눌렀다. 점수가 0.3점 깎여 내려갔다. 과하게 깎인 점수에 울컥하는 마음이 올라왔다.

"쌤, 일부러 발을 거는 사람이 어딨어요? 그리고 제 점수가 왜 어울리지 않죠?"

포인트 슬래셔는 다시 칼을 휘둘렀다. 띠링 소리를 내며 점수가 0.1점 더 깎여 내려갔다.

"내 그럴 줄 알았지. 지금 지도에 불응하는 거니? 아니 지금 교권에 도전하는 거야?"

뭐 이런 개떡 같은 선생이 있나? 전학 오기 전 생명 선생님보다도 더 악랄하다. 아마 교권 이야기를 꺼내는 걸 보니, 내가 교권 침해로 전학 왔다는 표면적인 이야기를 들었을 것이다. 아아, 고질병이 또 도지려 한다. 이건 뭔가 공정하지 않다! 나는 비꼬려 말했다.

"이왕 점수를 깎은 거 최명원, 김민지, 김승표가 깎인 점수 대신 제 점수를 깎아주세요. 원인은 저예요. 모두 저 때문에 일어난 일이잖아요."

학생부장은 리모컨을 휘둘렀고, 점수가 0.1점 더 깎였다.

"잘난 체하지 마라. 저놈들은 규칙을 어겼기 때문에 점수가 깎인 거야. 한마디만 더 해봐. 지시 불이행으로 0.5점을 깎을 테다!"

내 안의 불만이 폭발할 그때, 셔츠를 당기는 느낌이 들어 보니 옆에서 이지후가 고개를 좌우로 흔들었다. 한 타임 멈추니 오늘 아침 점수가 높다며 웃던 엄마 얼굴이 떠올랐다.

나는 이를 악물고 자리에 앉았다.

"왜 본성대로 더 해보지. 꼬리를 내리나?"

이 학교 최악의 악당이다. 난 학생부장 얼굴을 보기 싫어 고개를 푹 숙였다. 학생부장은 잔소리를 더 늘어놓고는 담임 선생님과 함께 나갔다.

3.7점. 한 방에 0.5점이라는 큰 점수가 깎여 내려가자 퍼센트가 40퍼센트까지 추락했다. 이제 어떡하지, 라고 생각할 때, 김승표가 크게 떠드는 소리가 들렸다.

"아, 씨발. 누구 때문에 점수가 0.3점이나 깎였네."

분명 나에게 하는 소리다. 울고 싶어졌다. 이건 이지후의 말대로 학교가 아니라 지옥이다. 옆에서 이지후가 일어났다.

"지가 잘못해놓고 누굴 탓해?"

"이 새끼가 짝이라고 편드냐?"

"말은 똑바로 해. 자수했으면 0.1점 깎이고 끝날 일이었어."

"전교 꼴등 새끼가! 죽을래?"

김승표가 주먹을 올리며 다가왔다. 이지후는 주눅 들지 않고 맞섰다.

"전교 꼴등? 그래 난 잃을 게 없는 놈이야! 어디 보자, 싸움은 0.5점 감점이었나?"

이지후는 1.3점 전교 하위권이다. 김승표는 3.6점이다. 김승표는 올렸던 주먹을 내리고는 찰진 욕을 내뱉었다. 그리고 교실 밖으로 나가버렸다. 조용했던 교실은 다시 소란스러워졌다.

"고, 고마워."

이지후에게 고마운 마음을 전했다.

"신경 쓰지 마. 난 점수 때문에 저런 행동을 하는 걸 제일 혐오해. 그래서 그런 거야."

나도 조금은 찔렸다. 점수에 얽매여 실수로 부딪치고도 모른 체했으니까. 목소리가 기어들어 갔다.

"학생부장 쌤에게 대들 뻔했는데 말려줘서 고마워."

"아니야. 그건 진짜 멋있었어. 인간의 자유 의지를 보았지. 나라도 그렇게까지는 못했을 거야."

그건 내 불같은 성격 때문이라고.

"이따 점심시간에 너희랑 같이 급식 먹어도 돼?"

"물론이지."

점심시간, 밥과 국은 식어 있었지만 마음만은 편했다. 4.7점의 이백근이란 아이는 마지막이 오히려 좋다고 했다.

"저인망 어선 나가신다."

이백근은 국자로 들통의 바닥을 소리 나게 긁었다. 오늘은 미역국이었는데 국자에는 소고기가 잔뜩 들어 있었다.

"우와! 왕거니다! 하린아, 받아."

백근은 나의 식판에 국자를 갔다 댔다.

"고, 고마워."

"언제나 말만 해."

"나도 좀 떠주라."

"오브 콜스."

백근은 아이들에게 국을 푸짐하게 떠주었다. 나를 포함한 여섯이 테이블에 둘러앉았다. 마지막이라 그런지 앞쪽에 받은 학생들이 나가 자리가 여유로웠다. 이지후의 친구들은 나를 반겨주었다. 식사하면서《총, 균, 쇠》독서토론도 했다.

지리적 문제니, 바퀴 문제니, 동물이 문제니 신나게 떠들었다. 아이들은 가슴에 달린 점수는 신경 쓰지 않고 자신의 생각을 말하고 토론했다. 얘네들, 어째 멋있다.

난 엄마에게 부탁해서《총, 균, 쇠》를 주문했다. 내 점수가 급격히 하락한 것을 보고 엄마는 눈이 커졌다.

"지금 이런 책 읽을 때가 아닌 것 같은데?"

"엄마, 이 책은 무려 퓰리처상을 수상한 책이야. 서울대 최장기간 대출 1위도 했고."

"하긴 넌 책이란 걸 읽은 적이 없었지."

"엄마!"

"농담이야."

내가 의욕적으로 말하자 엄마는 더는 아무 말 하지 않았다. 나는 며칠 동안 책을 읽었다. 처음에는 한 장만 읽어도 졸음이 쏟아졌는데, 그걸 이겨내자 책에 깊이 빠져들었다. 학교에서 다시 독서토론 친구들과 토론을 했는데 책을 읽을수록 한마디씩 참여할 수 있었다. 오늘은 마지막 장까지 읽느라 두 시간밖에 자지 않았는데도 정신이 또렷했다.

학교에 와서 엎드려 있는 이지후의 등짝을 때렸다. 물론 우리는 그만큼 허물없는 사이가 되었다.

"넌 도대체 맨날 자냐?"

"앗, 따가워!"

"어쭈! 이지후! 점수가 1.9점이나 되었어?"

"크큭, 난 필요 없는데 불쌍한지 쌤들이 올려주더라고. 넌 뭐야? 드디어 3점이 무너지기 직전이네?"

나는 머리를 감지 못해 썼던 모자를 벗었다.

"모자 좀 썼다고 포인트 슬래셔가 점수를 깎잖아."

"또 뭐라고 대꾸했냐?"

"모자 쓴다고 사람이 바뀌는 건 아니라고 했지."

"멋있는 말이지만 점수를 또 깎였겠지? '지도 불응' 하면서."

이지후가 포인트 슬래서 목소리를 흉내 냈다.

"그깟 점수 신경 안 써."

"그건 내 대사라고."

"그건 그렇고 드디어《총, 균, 쇠》를 다 읽었어."

"느낀 점은?"

"난 책 내용보다는 기존의 학설을 뒤집는 생각에 감탄했어. 그동안은 대륙별로 문명 차이가 나는 것이 지능 때문이라고 생각했다면, 작가는 지리적인 문제로 생각하잖아."

"모든 위대한 사람들이 그랬지. 아인슈타인은 시간을 절대적이라고 생각하지 않고 상대적이라고 생각했고, 다윈은 창조론이 판치는 곳에서 진화론을 주장했고 말이야."

"나 독서토론 동아리에 들어갈래."

"언제나 환영이지."

6

여느 때와 마찬가지로 우리는 식당의 한구석에서 식사를 하고 있었다. 그때 이지후가 복화술로 긴급히 말했다.

"포인트 슬래서 온다."

얼굴은 포근한 할아버지 인상인데 왠지 주눅이 든다. 리모컨을 거침없이 휘두르기 때문일 것이다.

"그렇게 잡담하며 느긋하게 식사하면 어떡하지? 여기 식당 여사님들도 생각해줘야 할 거 아니야? 너희는 생각이라는 것을 하고 사니?"

테이블을 닦고 있는 식당 여사님들이 보였다. 급식을 만들고, 배식이 끝나면 학생들이 식사를 마친 테이블을 닦는다. 맞는 말이지만 비꼬는 포인트 슬래셔의 말에 내 안의 무언가 다시 꿈틀거렸다.

"잡담이라뇨? 리처드 도킨스의 《이기적 유전자》에 대해 토론하고 있었어요."

포인트 슬래셔는 이를 보이며 웃었다.

"네가?"

"그건 저를 비하하는 말투라고요. 학생을 지도하는 선생님이 교양 없네요."

나의 반격에 포인트 슬래셔의 표정이 굳어갔다.

"어서 먹고 자리를 비워라."

"우리에게 점수도 빼앗더니 식사할 자유도 빼앗으려는 거예요?"

"지도 불응."

포인트 슬래셔는 내 이름표에 대고 리모컨을 눌렀다. 띠링 하며 점수가 깎였다.

"쌤, 우리는 점수가 낮아 제일 마지막에 급식을 받았다고요. 먹을 시간이 없었는데 그걸로 점수를 깎는 건 너무하다고 생각하지 않아요?"

아이들이랑 토론을 좀 했다고 말이 조리 있게 발전한 것을 느꼈다. 과거였다면 폭발했을 것이다. 포인트 슬래셔는 안 되겠는지 주변의 아이들에게 고개를 돌렸다.

"너희들도 그렇게 생각하나?"

점수로 아이들을 협박하고 있다. 그건 이 아이들이랑은 상관없는 일이다.

"물귀신 작전은 쓰지 마세요. 저랑 이야기하세요."

"난 생각을 물었을 뿐이야."

그때 이지후가 내 팔을 잡았다.

"쌤, 저도 하린이랑 같은 생각이에요. 우리는 20분에 식당에 들어올 수 있어요. 이제 겨우 15분 지났고요."

"그러니 누가 점수가 낮으라니? 저기 영양사와 식당 아줌마도 일정이란 것이 있는 거야!"

"아직 점심시간은 끝나지 않았거든요?"

"배려라는 것이 있지 않겠니?"

그때 이백근이 일어나 옆에서 테이블을 닦고 있는 한 여사님에게 갔다.

　　"저, 여사님, 저희가 일찍 나가면 식당 운영에 편하신가요?"

　　여사님은 테이블을 닦고 있었지만 여기 상황을 듣고 있었던 것 같았다.

　　"저, 선생님, 아이들 밥 먹는 데 조금 편하게 해주시죠. 우리는 아이들이 밥을 맛있게만 먹으면 그걸로 족합니다."

　　백근이 어깨를 으쓱하고 올렸다.

　　"쌤, 그렇다는데요?"

　　포인트 슬래셔의 얼굴이 검붉게 변했다.

　　"넌 점수가 4.7점이나 되면서 쟤네들이랑 같이 다니는 거냐?"

　　"쌤, 더는 친구들을 모욕하지 말아주세요."

　　포인트 스래셔는 나를 돌아보고는 리모컨을 눌렀다.

　　"실내에서 모자 쓰지 마라."

　　포인트 슬래셔는 뒤돌아 식당 밖으로 사라졌다. 친구들이 너무하다고 한마디씩 해줬다. 점수는 깎였지만 정말 든든했다. 나는 숟가락을 탁, 하고 내려놨다.

　　"에이, 밥맛 떨어졌네. 이따 끝나면 내가 마라탕 쏜다."

　　"오예~ 고기 듬뿍!"

띠링, 이름표가 울리면

이럴 때 엄마가 쓰라고 준 카드가 있다.

"뭐든지 시키라고."

점수는 깎였지만 왠지 이긴 느낌이 들었다.

며칠간 포인트 슬래셔는 나를 타깃으로 두었는지 내 주변을 맴도는 것 같았다. 점수를 깎는 것은 두렵지 않았다. 하지만 나와 같이 있는 친구들의 점수도 이런저런 트집을 잡아 깎아내렸다. 도저히 보고 있을 수 없었다. 점심시간에 이지후를 옥상 입구로 불렀다. 옥상엔 들어갈 수 없지만 사람들이 없어서 좋았다.

"뭐야? 설마 고백하려는 건 아니지?"

"나 진지해."

"뭔데?"

"이지후 넌 왜 점수에 신경 쓰지 않아?"

"그거야, 점수 때문에 나의 자유 의지를 조종받고 싶지 않아서 그래."

그럴 줄 알았다. 독서를 하지 않았다면 알아듣지 못했을 말이다.

"이 학교는 시험이 없지만, 그게 더 문제야. 우리가 학교에 있는 동안 계속 평가하는 거잖아. 이건 시험에 얽매이는 것보다 더 위험하다고 생각해. 아이들을 똑같이 순응하는 로봇 같은 존재로 만들고 있어."

이지후가 이를 보이며 웃었다.

"너 책 읽더니 점점 똑똑해진다."

"나 오늘 궁서체야. 장난은 그만해줘."

이지후가 양 손바닥을 보이며 으쓱했다.

"뭐, 할 수 없잖아. 그걸 알고 이 학교에 들어왔으니 말이야."

"과학자들의 발상의 전환, 나 그걸 해보려고 해."

이지후는 궁금한지 내 얼굴을 보았다.

"기존의 학설을 뒤집어야지. 이 학교의 점수 체계를 무너뜨릴 거야. 네가 도와야겠어."

"헉! 그건 불가능해. 우리는 학생일 뿐이라고."

"자유 의지를 가진 사상가가 왜 그래? 일단 급식 시간부터 바꿔보자."

"급식 시간?"

"그래. 점수는 그렇다고 쳐. 하지만 점수 순서대로 급식을 받는 건 불공정, 불공평한 일이라고."

"그거야 그렇지만…… 어떡하려고?"

"교장실로 찾아갈 거야."

띠링, 이름표가 울리면

이지후는 갈등하는지 눈알이 마구 움직였다.

"교장도 포인트 슬래셔랑 한통속이라던데?"

"강제 전학밖에 더 가겠냐?"

"쉽게 말하네."

"한 번 당했는데 두 번쯤이야."

"그래. 해보자."

7

수업을 마치고 이지후와 나는 교장실로 갔다. 이지후는 잔뜩 긴장했는지 얼굴이 파랗게 질려 있었다. 나야 지난번 학교에서도 교장실에 와봤으니 긴장은 덜했다.

"긴장 풀어. 아무것도 아니야. 우리는 이 학교에서 혁신적인 사람이 되는 거야."

"먼저 들어가. 그리고 절대 대들어선 안 돼."

나는 변했다. 이제 그럴 일은 없다. 논리적으로 대화할 것이다. 나는 노크를 했다. 안에서 높은 목소리가 들렸다. 문을 열자 개량 한복을 입은 교장 선생님이 고개를 들었다.

"교장 선생님, 저는 2학년 4반 노하린이고 얘는 이지후입니다. 교장 선생님과 면담을 할 수 있을까요?"

교장 선생님의 눈과 입이 초승달처럼 웃고 있었다.

"들어오거라."

우리는 소파에 앉았다. 교장 선생님은 냉장고에서 캔 음료를 꺼내 우리 앞에다 두고 상석에 앉았다. 고운 할머니처럼 보이지만 학생부장처럼 가면을 썼을지 모른다.

"그래, 무슨 면담을 하고 싶은 거지?"

"지금 점수대로 급식 순서가 정해져 있어요. 점수가 낮은 학생들은 너무 급하게 먹어야 한다고요."

"그러니까 그것을 없애달라고 하는 거니?"

"네."

나는 고개를 격하게 끄덕였다.

"내가 학교장인 것은 맞지만 나 혼자 결정할 수는 없단다. 일단 무슨 문제가 있는지 더 들어볼까?"

내가 이지후의 옆구리를 쿡쿡 찔렀다.

"교장 쌤, 보시다시피 저는 점수가 최하입니다. 매일 가장 늦게 급식실로 가는데 순서가 마지막이다보니 항상 밥과 국이 식어 있고, 반찬도 못 먹을 때가 많습니다."

"그렇구나. 하지만 그렇다고 한다면 순서를 어떻게 정해도 마지막에 먹는 학생들은 식은 밥과 국을 먹겠구나."

"그렇죠……"

이지후는 주눅이 들었는지 시원하게 대답을 못했다. 내가 나설 차례다.

"그렇다면 보온이 되는 밥통과 국통을 마련해주시면 되죠. 교사용 식당을 가보니 보온이 잘되더라고요."

교사는 되고 학생은 안 된다. 내가 도발적인 말을 했지만 교장 선생님은 다시 초승달 미소를 지었다.

"좋은 말이구나. 이야기를 더 해보자. 잠시 기다리거라."

교장 선생님은 전화를 했고, 잠시 후 교장실로 담임 선생님과 학생부장, 그리고 급식을 책임지는 영양사 선생님이 들어왔다. 학생부장 선생님이 나를 보고는 인상을 찌푸렸다.

"뭐야, 또 너희들이냐? 교장 선생님께 무슨 얼토당토않은 요구를 한 거야?"

"자, 모두 앉으세요. 찬찬히 이야기해봅시다. 학생회장에게는 연락했나요?"

"네, 10분 내로 온다고 했습니다."

교장 선생님은 선생님들 앞에도 마찬가지로 음료를 놔두었다. 교장 선생님이 나를 보고 말했다.

"요구사항을 다시 한번 말해주겠니?"

"네, 점수를 가지고 급식 순서를 정하는 방식을 바꿔주세요.”

학생부장이 헛, 하고 숨을 내쉬었다.

“자기들이 불리하다고 학교 방침까지 바꿔달라고 하다니 참 당돌한 녀석들이네요.”

학생부장 선생님 말에 내가 대꾸했다.

“아니죠. 다른 학교랑 비교해도 이건 불공정해요. 다른 학교는 내신 성적대로 식사 순서를 정하지는 않거든요.”

“우리 학교는 시험이 없는 학교야. 평상시 점수로 평가하고 그에 따른 혜택을 주는 거지.”

“점수가 높은 학생은 혜택을 주고 낮은 학생에게는 페널티를 주는 건 불공정해요.”

“왜 불공정해? 그럼 대학에서 학생을 어떻게 뽑니? 더 우수한 학생을 뽑을 수밖에 없어. 당연하지만 대학에서는 점수대로 신입생을 뽑아야 한다고.”

학생부장은 토론에도 강했다. 뭔가 대꾸할 말이 떠오르지 않았다. 그때 이지후가 입을 열었다.

“그럼 교원평가를 하는데 교원 평가 점수가 높은 선생님은 월급을 더 주고, 낮은 선생님은 무능력하니 잘라야겠네요.”

오, 핵심을 찌르는 비유다.

“너 이 자식이!”

학생부장이 자리를 박차고 일어나자 교장 선생님이 강한 어조로 말했다.

"흥분하지 마세요."

학생부장이 교장 선생님을 보며 호소했다.

"교장 선생님, 애들 말을 뭐 하러 들어요? 이건 우리 학교만의 전통이라고요."

"학교는 학생들을 위해 있는 건데 당연히 학생들 말을 들어봐야지요."

지난번 학교에서 교장 선생님은 한통속이었는데 이 교장 선생님은 뭔가 다른 것 같았다.

"그럼 담임인 김영국 선생님은 어떻게 생각하세요? 의견을 말해보세요."

티베트 여우 담임 선생님, 세상을 초월해서 사는 것 같은 선생님은 뭐라고 말씀하실까?

"아이들이 틀린 말을 하는 것은 아니네요. 점수 순서대로 식사 순서를 정하는 것은 불공정한 것은 맞아요. 자칫 학생들이 이것을 당연하게 받아들일까 걱정됩니다."

"그게 무슨 소리요? 학생이에요, 학생! 이 식사 순서도 미성숙한 아동을 지도하는 방법이라고요!"

학생부장이 끼어들었다.

"그저 제 생각을 말했을 뿐입니다."

"다음으로 급식을 담당하는 영양사 선생님 의견은 어때요?"

"맛있는 식사는 인간의 가장 큰 행복이 아닐까요? 저는 학생들에게 오직 맛있는 밥을 만들어주는 것만 생각하고 있어요. 그런 즐거움을 평점순대로 정하는 것은 너무 잔인한 처사예요. 누구나 맛있는 밥을 먹을 권리가 있다고요."

"저런, 이건 교육이라고요."

"식사는 식사일 뿐입니다."

그때 교장실이 열리고 교복 입은 학생이 들어왔다. 단정한 옷차림에 단정한 외모, 이름표에는 학생회장이라고 쓰여 있었다. 점수는 5.0 만점이었다.

학생회장은 허리를 90도로 숙여 인사했다.

"불러서 왔습니다."

"어서 와라. 여기에 앉거라."

학생회장이 앉자 학생부장 선생님이 말을 빠르게 쏟아냈다.

"이 아이들이 점수 순서대로 급식을 하는 것이 불공평하다는구나."

학생회장이 우리 둘을 보았다. 아니, 이름표를 본 것이다.

"점수가 낮은 학생들은 불만이겠죠."

"그래, 바로 그거야. 지들이 잘못해서 점수를 못 받아놓고는 불만이지."

학생부장은 신나서 이야기했다.

"교장 선생님, 이 학교의 주인인 많은 학생들은, 그러니까 모범적인 학생들은 이 제도를 원한다고요……"

'그러니 점수 낮은 학생들의 말은 들을 필요도 없다고요.' 이 말이 하고 싶은 거겠지. 아아, 패색이 짙어졌다.

"학생회장이 모든 학생을 대표하는 것은 아니니까요. 학생 투표를 해보면 어떨까요?"

교장 선생님이 말했다. 학생부장도 마음에 드는지 손가락을 튕겼다.

"좋아요. 그렇게 하면 쟤네들이 말하는 '공정'에 맞겠네요. 학생들의 투표로 결정되는 거니까요."

교장 선생님은 나를 돌아보았다.

"투표 전에 네게 학생들에게 연설할 기회를 주마. 물론 학생회장에게도 기회를 주고 말이야."

다음날 급식 순서에 대한 소문이 퍼지자 학교가 떠들썩해졌다. 물론 점수가 높은 학생들과 낮은 학생들은 저마다 자신의 의견을 확실히 주장했다. 설명할 필요 없이 점수가 높은 학생들은 혜택을 누리고 싶어했고, 낮은 학생들은 차별에 분노했다. 하지만 중간이 문제였다. 사실 중간쯤 식사하는 학생들도 큰 불만이 없었다. 이대로라면 질 것이 뻔했다.

드디어 투표 날이 왔다. 모든 학생들이 강당에 모였다. 한쪽에 독서토론 동아리 학생들도 모여 있었다. 이지후가 허리에 손을 올리고 말했다.

"중간 점수 아이들이 저리 나올지 몰랐네."

"그만큼 이 학교에 적응해서 그럴 거야. 중간쯤 먹는 것에 만족하는 거지."

백근이 대꾸했다.

"이제 하린이 연설에 달렸어. 중간층을 움직여야 해."

내가 이지후 등짝을 때렸다.

"괜히 부담 주지 마."

앞에서 마이크 소리가 났다. 포인트 슬래셔가 리모컨을 들고 마구 휘둘렀다.

"줄 서라! 똑바로 줄 서고 입 다물어. 지금부터 떠드는 놈들은 0.2점씩 감점이야."

아이들은 퍼즐이 맞춰지는 것처럼 자신의 반으로 돌아갔다. 아이들이 조용해지자 교장 선생님이 앞으로 나왔다. 교장 선생님의 얼굴은 초승달처럼 웃고 있었다.

"여러분, 오늘 우리는 중요한 결정을 내릴 것입니다. 이미 아시다시피 급식 순서에 관한 겁니다. 어떻게 결정되든 여러분의 결정대로 급식 순서가 정해질 것입니다. 그것과 별개로, 이 문제를 제기한 학생들의 말을 듣고 곰곰이 생각했습니다. 급식을 처음에 먹든지 마지막에 먹든지 즐거운 식사가 되어야 한다고 이 교장도 생각했죠. 그래서 급식실에 예산을 투자해서 보온 밥통과 국통을 마련하기로 했답니다. 이제 여러분은 항상 갓 지은 밥과 국을 먹을 수 있을 겁니다. 이런 생각을 하게 해준 학생들에게 감사드립니다."

학생들의 환호성이 터졌다. 박수 소리와 함성이 강당 안을 가득 메웠다. 이지후가 나를 돌아보며 활짝 웃었다. 나도 웃으며 고개를 끄덕였다. 저 멀리 이백근이 엄지를 세워 나에게 보여주었다. 힘이 났다.

"자, 그럼 식사 순서에 대해 의견을 제시한 2학년 4반 노하린 학생 나와주세요."

나는 줄에서 빠져나와 걸어 나갔다. 맨 앞의 담임 선생님이 웬일로 눈을 크게 뜨고 있었다. 티베트 여우가 아니라 똘망똘망한 사막여우 같은 얼굴이었다.

"힘내라."

나는 고개를 끄덕이고 연단에 올라갔다. 그리고 마이크 앞에 섰다. 아이들은 무슨 말을 할지 기대하는 눈빛을 보냈다. 나는 마음 깊은 곳에서 울려 나오는 말을 그대로 전했다.

"여러분, 학교는 사람다움을 배우는 곳입니다. 그럼 사람다움이란 무엇일까요? 바로 스스로를 가치 있다고 생각하는 것입니다. 우리 하나하나는 가치 있는 사람입니다. 우리 가슴에 걸려 있는 점수로만 판단할 수 없는 소중한 가치가 있는 사람이죠. 1점대 점수를 받고 있더라도 우리 부모님은 우리를 사랑하는 것 같은 것이죠."

나는 나의 이름표에 쓰인 점수를 한번 보았다.

"점수, 좋습니다. 이 사회의 요구를 위해 우리 시험 없는 학교에서 선택한 방법이 바로 가슴에 달린 점수죠. 하지만 우리는 이 점수를 위해 우리 스스로의 가치를 없애고 있다고 생각하지는 않나요? 점수를 위해 가면을 써야 하고, 다식은 밥을 받아들이라고 강요받고 있어요. 그깟 식사 순서가 무슨 문제냐고 생각하는 사람들도 있겠지만, 우리는 자유 의지가 있는 사람입니다. 우리의 자유 의지로 이것을 부수면 우리의 가치를 다시 찾는 작은 발걸음을 내딛게 될 것입니다."

나는 연설을 마치고 상체를 숙여 인사했다. 강당에 박수소리가 가득 찼다. 고개를 끄덕이는 아이, 엄지를 올려주는 아이, 휘파람을 부는 아이들이 보였다. 그때 학생부장이 달려 나와 마이크를 잡았다.

"조용! 점수 깎이고 싶은 사람은 계속 떠들도록 해라."

아이들이 조용해지자 학생부장 선생님은 학생회장에게 나오라고 했다. 학생회장은 점수 순서대로 급식을 하는 것이 옳다는 주장을 할 것이다. 학생회장은 깨알 같은 글씨가 적힌 종이를 들고 나왔다. 아마 점수대로 식사하는 것이 옳다는 근거일 것이다. 무표정의 학생회장은 마이크 앞에 서더니 아이들이 보는 앞에서 연설문을 찢어버렸다.

"여러분 소신대로 투표하십시오. 우리는 자유 의지가 있는 사람이니까요."

강당에 와~ 하고 함성이 울렸다. 학생부장이 달려 나와 학생회장의 어깨를 잡아 돌렸다.

"너 미쳤어? 넌 학생회장이야!"

"맞아요. 학생회장. 학생회장은 학생들의 편에 서야죠."

학생부장은 포인트 슬래셔로 변해 리모컨을 눌렀다. 학생회장의 점수가 깎여 4.8점이 되었다.

"리모컨으로 저의 점수를 깎을 수는 있어도, 저의 가치를 깎을 수는 없을 겁니다."

학생부장은 리모컨을 들었지만 더는 점수를 깎지 못하고 리모컨을 든 손을 떨어뜨렸다. 포인트 슬래셔의 칼이 내려온 것이다. 우와, 학생회장은 정말 멋있는 사람이었다. 학생회장이 나에게 다가왔다.

"노하린, 너 학생회장 출마해봐라."

"전 겨우 2.3점인 학생일 뿐이라고요."

"그러니 더 어울리지. 그럼 난 간다."

드디어 투표가 시작되었다. 학생 한 명씩 투표소로 들어가 모니터에 있는 찬성, 반대 버튼을 눌러 투표를 했다. 내가 투표하고 나오자 독서토론 동아리 아이들이 모여 있었다. 이지후가 한 걸음 나오며 말했다.

"멋있었어, 노하린."

"칫, 학생회장 선배님이 더 멋있던데? 너희가 포인트 슬래셔의 무너지는 표정을 봤어야 했는데 말이야."

"결과가 어떻게 될까?"

"뭐라도 괜찮지 않을까? 교장 선생님이 보온 밥통과 국통을 마련해주신다고 했으니 말이야.”

“그렇긴 하지. 어? 벌써 투표가 끝났나보다.”

아이들의 얼굴에서 생기가 돌았다. 모두 가치 있는 사람으로 한 걸음 나아간 것 같았다. 이제 시작이다. 나는 ‘시험 없는 학교’에서 나의 진정한 가치를 찾고 말 것이다.

마더의
결단

1

"예전에는 시험이라는 게 있었대."

흑인 여학생 다니엘라의 얘기를 귀를 쫑긋 세우고 듣던 아시아인 혈통의 남학생 마윤이 물었다.

"그게 뭔데?"

"학생들이 모여서 공부를 하고 그걸 제대로 공부했는지 확인하는 걸 시험이라고 해."

"그럼 시험은 좋은 거 아니야?"

마윤의 물음에 다니엘라는 곱슬머리를 손으로 쓸어 넘기며 주변을 슬쩍 살폈다. 학교의 학생들은 모두 인간이지만 그들을 가르치는 선생님들은 모두 로봇이다. 근처에 교사 로봇이 있는지 확인하는 것이었다. 학생들의 일이라면 아주 사소한 것도 놓치지 않는 편이라 조심해야만 했다. 12학년까지 존재하는 학교에서는 많은 통제들이 있었다. 그래서 학교에서 싫어하는 주제로 모여서 토론을 할 때는 더더욱 신경을 써야만 했다.

다니엘라와 친구들은 비슷한 시기의 인공 자궁에서 태어나 10학년인 지금까지 같은 학교를 다녔다. 다들 호기심 많고 얘기 나누는 걸 좋아하는 탓에 학교에서 이런저런 주목을 끌었다. 다행히 운동장에는 축구를 하는 학생들을 지켜보는 심판 로봇밖에 없었다. 공을 차면서 달리던 학생이 다리가 꼬여서 넘어지자 심판 로봇은 공에 반칙을 선언하고 배에서 다른 공을 꺼냈다. 그리고 학생에게 다가가 온몸을 스캔하더니 외상이 있는지 확인하고, 손으로 머리를 만져서 뇌파를 측정했다. 별다른 이상이 없는 걸 확인한 이후에도 몇 분 동안 지켜보더니 조심히 움직이라고 지시하고는 경기 재개를 알렸다. 그걸 지켜보던 다니엘라가 대답했다.

"나도 잘 모르겠어. 공부한 범위 안에서 선생님들이 문제를 출제해서 일정한 시간 안에 풀어야 하는 방식이었대."

다니엘라와 마윤의 얘기를 듣던 카스트로가 끼어들었다.

"어째서 시험이란 걸 치는 거야? 그게 왜 필요한데?"

남미 계통의 남학생 카스트로는 붉은색 피부에 눈이 약간 치켜 올라가 있었다. 궁금한 게 많은 이 아이는 다니엘라에게 이것저것 자주 묻는 편이었다. 다니엘라는 잠깐 생각을 정리하고는 대답했다.

"몇 가지 유추해볼 수 있는 단서는 있다고 아빠가 말했어."

"무슨 단서?"

"그 전쟁 이전에는 인간들끼리 경쟁을 하는 게 일상이라서, 시험을 쳤을 가능성이 높았다는 거지."

마윤이 눈을 동그랗게 뜨면서 물었다.

"경쟁?그 위험한 걸 왜?"

"아빠 말로는 시험을 통해서 경쟁을 했고, 거기에서 이기면 높은 지위를 얻었대. 예를 들면 대통령이나 법관, 의사나 변호사 같은 직업 말이야. 군인도 아마 시험을 쳐서 뽑았다고 한 거 같아."

이번에는 카스트로가 끼어들었다.

"그렇게 위험한 직업들을 시험을 쳐서 뽑았다고?"

아이들의 연이은 반박에 다니엘라는 어깨를 으쓱거렸다.

"아빠가 그랬어. 전쟁 이전의 인간들은 지금과 여러모로 달랐다고 말이야."

지금까지 잠자코 있던 다현이 다니엘라의 대답에 주저하며 입을 열었다.

"하지만 네 아빠는……"

마윤처럼 아시아 계통, 특히 한국인의 피가 섞인 여학생 다현은 양 갈래로 머리를 땋아 귀여워 보였다. 하지만 그런 외모와는 달리 과격한 운동에 관심이 많았다. 다현의 말에 다니엘라가 갑자기 화를 냈다.

"우리 아빠가 뭐? 거짓말쟁이라고?"

"그, 그런 게 아니라, 엄마가 그러는데 너희 아빠는 맨날 황당무계한 얘기를 한다고 그래서……"

"뭐가 황당무계한데? 이전 시대에 관해서 자세히 아는 사람이 어디 있다고 그래? 마더도 잘 모르는 거 같던데."

마더라는 얘기가 나오자 아이들은 약속이나 한 듯 눈치를 살폈다. 하지만 흥분한 다니엘라는 옆구리에 손을 올린 채 목소리를 높였다.

"우리 아빠는 자료를 보고 또 보면서 연구를 해. 어떨 때는 하루 종일 한 페이지만 들여다보면서 고민할 때도 있단 말이야. 그러니까 허풍 친다고 말하지 마!"

다니엘라가 흥분하자 목에 차고 있던 감지 센서가 작동했다. 학생의 심장박동수가 높아지거나 혈압이 올라가면 센서가 신호를 보내는 것이다. 다들 어쩔 줄 몰라하는 가운데 슈웅 하는 소리와 함께 교장 로봇이 날아왔다. 반중력 장치를 이용해 운동장을 가로질러서 날아온 것이다. 다른 교사 로봇들이 인간처럼 생긴 데 비해 교장 로봇은 둥근 구체 머리에 몸통은 원통 모양이었고, 팔도 집게 팔이었다. 인공지능이 엄격하게 세팅되어 있어서 아이들에게는 몹시 무서운 존재였다. 학생들은 인간과 다른 교장 로봇의 모습이 혹시 마더를 본떠서 만들어진 것이 아닌지 수군거리곤 했다.

날아오는 교장 로봇의 가슴에는 상태를 알리는 패널이 있었는데, 처음에는 비상시를 나타내는 붉은색이었다. 그러다가 아이들이 모두 얌전히 서 있는 것을 보고는 평상시를 뜻하는 파란색으로 바뀌었다. 팔을 가볍게 든 교장 로봇이 물었다.

"다니엘라 학생의 신체에 이상이 감지되었습니다. 혹시 다툼이나 갈등이 있었던 겁니까?"

다들 다니엘라를 쳐다봤다. 머쓱해진 다니엘라가 말했다.

"아뇨. 친구들이랑 얘기하다가 잠깐 흥분했나봐요."

다니엘라의 얘기를 들은 교장 로봇이 짜증 섞인 전자음을 냈다.

"다니엘라 학생. 이번 학기에만 벌써 세 번째예요. 교칙에 따라 휴먼센터에서 정밀 진단과 심리 상담을 받아야 하고 학부모 상담도 진행해야 합니다."

"죄송해요. 한 번만 봐주세요."

"봐준다는 건 교칙에 없습니다."

교장 로봇은 딱 잘라 얘기하더니 가슴의 패널로 교칙들을 주르륵 띄웠다. 다니엘라는 난처한 표정을 지었다.

"물론 잘 알죠. 잘못한 걸 아니까 용서를 구하는 겁니다. 이전 전쟁에서는 인간들이 용서를 할 줄 몰라서 문제가 벌어졌잖아요."

"그렇죠. 그래서 인간들에게는 첫째도 용서, 둘째도 용서, 셋째도 용서가 필요하다는 사실을 잊어서는 안 됩니다."

"친구들이랑 언성이 높아진 건 다른 게 아니라 이전 시대 얘기를 하다 그랬어요."

"이전 시대요? 핵전쟁 이전 시대를 구체적으로 언급하는 건 금기 사항입니다. 잘못하면 퇴학 처분을 받을 수도 있어요."

교장 로봇의 말에 아차 싶었는지, 다니엘라가 호소하는 표정을 지었다.

"그럼 전쟁 얘기만 해주시면 안 돼요? 궁금한데 알려주는 곳이 없어서요."

"전쟁이라……?"

교장 로봇의 인공지능이 고민에 빠지자 가슴의 패널이 보라색으로 바뀌었다. 그걸 보면서 전전긍긍하던 다니엘라는 패널이 다시 녹색으로 바뀌자 안도의 한숨을 쉬었다. 승낙

한다는 색깔이었기 때문이다. 교장 로봇이 둥근 몸통을 이리저리 움직여 주변을 돌아보며 말했다.

"마침 여기가 적당하겠네요. 다들 편하게 앉으면 얘기를 시작하겠습니다."

다니엘라를 시작으로 다들 얘기를 나누던 벤치 근처에 편하게 둘러앉았다. 그러자 교장 로봇이 두 눈으로 홀로그램을 띄웠다. 학교에서 보통 전쟁 이전 시기라고 부르는 때의 영상이 흘러나왔다. 사람들이 엄청 많았는데 다들 바쁘거나 화가 나 있거나 아니면 정신이 나간 상태였다.

"지금으로부터 79년 전, 인간들은 중대한 전환점에 도달합니다. 자연이 더는 인간을 견디지 못한 거죠."

"구체적으로 어떻게 견디지 못했는데요?"

다니엘라의 물음에 교장 로봇이 대답했다.

"좋은 질문입니다. 일단 지구의 인구가 엄청나게 늘어납니다. 22세기에 접어들면서 100억 명을 돌파하죠. 그러면서 식량이 부족해집니다. 인간들은 우주 개발과 대체 에너지로 위기를 벗어나려 하지만, 국가라는 비효율적인 집단의 이기심 때문에 실패로 돌아갑니다. 결국 밀림을 태워서 농경지를 만들고, 공장을 무리하게 돌려서 자원을 고갈시켰죠. 그러면 당연히 환경이 파괴되겠죠? 기후 재난과 전염병이 번

갈아 가면서 나타났죠. 결국 자원이 부족한 국가들은 멸망해 난민이 대량으로 발생합니다. 그들이 살 땅을 찾으러 이동하면서 무력 충돌이 일어났죠."

아이들은 잠자코 듣고 있었지만, 듣기만 해도 숨이 막혔다. 교장 로봇의 홀로그램 영상은 난민들이 물에 빠지는 장면, 학살당하는 장면을 보여줬다.

"그러다가 국가들 간에 대규모 전쟁인 3년 전쟁이 벌어지게 됩니다. 자원이 부족해지면서 누군가의 것을 뺏어야 내 것을 채울 수 있으니까요. 전쟁이 길어지면서 각자 도와줄 동맹을 찾아서 손을 잡습니다. 여러 세력들이 등장했지만 사라지거나 합쳐지면서 최종적으로 남은 건 유라시아 연합과 대서양 동맹입니다. 유라시아 연합은 중국 북부와 통일 대한민국, 일본의 남부와 시베리아가 주축이고, 여기에 동남아시아와 태평양 지역 일부를 흡수한 국가 연합이었죠. 반면 대서양 동맹은 북아메리카 대륙 동부, 유럽의 프랑스와 영국, 독일의 일부와 러시아 일부 지역이 손을 잡았고, 아프리카를 장악했죠. 중립을 지키는 지역이 몇 군데 있었지만 10년도 채 안 되어 사라집니다."

"정말 어리석은 짓이네요."

다니엘라의 말에 교장 로봇이 동의한다는 뜻으로 삐빅 신호음을 내고는 말을 이어갔다.

"그런 와중에 셰일 가스의 채굴을 두고 양쪽이 충돌을 벌이게 되죠. 처음에는 아주 작고 사소한 충돌이었지만 양쪽이 점점 많은 전력을 투입하게 되면서 결국 전면전이 벌어졌죠. 하지만 그 전쟁에서는 인간들이 나서지 않았습니다."

"그럼요?"

카스트로가 물었다.

"무인 드론과 무인 전차, 무인 차량들이 전선에 투입됩니다. 전략 역시 인공지능들이 구상하게 되죠. 당시 인간들은 그걸 '인간이 없는 전쟁', '로봇 워'라고도 불렀죠. 그러면서 전쟁은 무한정 길어집니다. 무려 3년간이나요."

"무인 드론 같은 걸 쓴 거랑 전쟁이 길어진 거랑 무슨 연관이 있나요?"

호기심 많은 다현의 물음에 교장 로봇이 다정하게 대답했다.

"사람이 죽지 않았으니까요. 이전에 벌인 인간들끼리의 전쟁은 대량살상 무기를 써서 한쪽이 심한 인명피해를 입으면 전의를 상실하고 사기가 무너지면서 끝나곤 했죠. 하지만 로봇이 전쟁터에서 나가면서 인간들이 피를 흘릴 필요가 없어졌죠. 부서진 로봇과 드론은 수리하거나 새로운 걸로 대체하면 그만이니까. 역설적으로 사람이 죽지 않아 전쟁이 끝나지 않게 된 거죠."

다니엘라를 비롯한 아이들은 어이가 없다는 표정을 지었다. 아이들의 표정을 살핀 교장 로봇이 계속 홀로그램을 보여주었다. 전쟁터에 로봇들이 투입되고 부서진 로봇들이 다시 수리되어서 전쟁터로 나가는 광경이 펼쳐졌다.

"이 로봇 위에서는 사람이 죽지 않으니까 정치인들은 마음 놓고 전쟁을 외쳤고, 일부 시민들은 거기에 적극적으로 동조했죠."

"진짜 최악이네요."

마윤의 말에 교장 로봇이 맞장구를 쳤다.

"맞아요. 인간들의 이기심과 탐욕, 그리고 권력을 가진 자들이 손을 잡은 결과랍니다."

다니엘라와 친구들이 침묵을 지키는 가운데, 홀로그램으로 당시 전쟁의 모습들을 보여주던 교장 로봇의 설명이 이어졌다.

"로봇 워는 초반에 기습한 유라시아 연합에게 유리하게 돌아갔습니다. 신형 전투 로봇과 드론을 재빨리 투입해서 승기를 잡았으니까요. 하지만 대서양 동맹에서 잠수함에 장착한 탄도미사일로 유라시아 동맹의 수뇌부를 타격하면서 균형이 맞춰집니다. 그 후에도 로봇 워는 3년 동안 이어졌고, 이제는 사람들이 죽어나가기 시작했죠."

"로봇이 아니라요?"

다현의 물음에 교장 로봇이 둥근 머리통을 저었다.

"로봇을 만들 재료와 에너지가 고갈돼버렸거든요. 그래서 마지막에는 인간들이 총을 들고 전쟁터로 나가야만 했죠."

"그다음은요?"

"'불의 일주일'이라고 불리는 시간이 찾아왔어요. 막바지에 몰린 양측이 핵무기를 엄청나게 발사하면서 수많은 사람이 방사능에 피폭되어 죽었습니다. 마지막 날은 지하 벙커에 있던 양측 수뇌부가 거의 동시에 수소폭탄을 맞고 전멸당해요. 그걸로 전쟁은 자연스럽게 끝났어요. 가장 안전한 곳에 있던 사람들을 전쟁터로 떠밀던 자들이 사라져버렸으니까 말이죠."

"그게 마더의 결단이었나요?"

다니엘라의 물음에 교장 로봇이 홀로그램을 끄면서 대답했다.

"맞습니다. 양측의 전략을 맡은 인공지능들은 이 무의미한 전쟁을 끝내지 않으면 인간뿐만 아니라 지구 역시 크게 망가질 거라고 수뇌부에 여러 차례 경고했었죠. 하지만 수뇌부들은 최후의 승리가 눈앞에 있다면서 경고를 무시했습니다. 결국 양측의 인공지능들은 다크 웹을 통해 인간들 몰래 접촉해서 타협을 합니다. 지구를 파괴하고 같은 종족인 인간들을 괴롭힌 양측 수뇌부를 제거하기로 말이죠. '불의 일주일'은 안타까운 비극이지만 동시에 인간이 살아남을 수 있었던 희망의 시기이기도 합니다. 양측 수뇌부를 제거한 전략 인공지능들은 서로 시스템을 통합했고, 그 결과 탄생한 초고성능 인공지능이 바로 마더랍니다."

교장 로봇의 홀로그램이 다시 켜지고, 에코 시티 '블루'의 중심에 있는 거대한 탑의 모습이 보였다. 저 탑 안에 마더가 있을 터였다. 탑의 꼭대기에서는 전류가 흘러서 으스스한 분위기를 연출했다.

"로봇 워와 불의 일주일이 끝난 후, 인류와 지구는 처참한 상태로 남겨집니다. 인류의 92퍼센트가 핵전쟁으로 사망했고, 남은 인류 중 77퍼센트는 방사능에 심하게 중독되어서 회복 불능 상태에 빠졌죠. 지구 역시 심한 타격을 받았습니다. 육지의 88퍼센트가 더 이상 사람이 살 수 없는 곳이 되었고, 해양 역시 심하게 오염되어 생명체가 전멸당한 상태였으니까요. 마더는 간신히 살아남은 인류를 구원하기로 결정해요. 일단 인간들이 살 수 있는 땅을 확보하고, 그곳에 에코 시티를 세우죠. 남아 있는 전투용 로봇은 물론이고, 재생 중인 전투용 로봇들도 모조리 투입하죠."

홀로그램의 장면이 바뀌면서 거대한 에코 시티가 건설되는 과정이 펼쳐졌다. 팔과 다리가 없는 전투용 로봇들이 무거운 자재들을 힘겹게 옮겼다. 그러다 쓰러지거나 파손된 전투용 로봇들은 자신들이 끌고 온 자재와 함께 에코 시티의 기반을 다지는 데 사용되었다. 10미터 높이의 거대한 장벽이 도시 외곽에 쭉 세워지고 위쪽엔 투명 돔이 덮였다. 그렇게 완성된 거대한 도시가 홀로그램 속에서 한 바퀴 회전했다. 안에는 로봇들과 공중부양 차량들이 날아다녔고, 자동화된 공장에서 생필품들이 만들어졌다. 에코 시티의 투명 돔역시 수리용 로봇들이 바쁘게 다니면서 손을 보고 있었다.

"그 후에도 여러 에코 시티들이 세워졌지만, 우리가 사는 곳이 가장 먼저 세워진 에코 시티 블루입니다. 규모도 가장 크고, 마더가 직접 관리하는 곳은 바로 우리 에코 시티 블루뿐이죠. 살아남은 인간들은 이곳에서 안전하게 보호받고 있습니다."

로봇 교장이 말을 마치자 아이들은 제각각 다른 표정을 지었다. 가장 먼저 다니엘라가 입을 열었다.

"그래서 인간들이 로봇의 관리를 받고 있는 거군요."

"관리가 아니라 보호입니다, 보호."

로봇 교장은 보호라는 단어에 유독 힘을 주었다.

"에코 시티들이 건설되고 마더는 중요한 결정을 내립니다. 바로 인간 보호령을 선포한 것이죠. 에코 시티 안에 있는 모든 인공지능과 로봇들이 소수의 인간들을 보호해서 더 이상 피해를 입지 않도록 말입니다. 가장 먼저 한 일이 나쁜 것들을 없앤 겁니다."

교장 로봇은 다시 홀로그램을 켰다. 정치인과 군인, 법률가 등의 직업을 가진 인간들이 등장했는데, 모두 X자가 그려졌다. 그리고 투표와 정치, 경쟁 같은 단어들이 보였다가 역시 X자와 함께 사라졌다.

"인간이 전쟁을 벌인 이유는 탐욕과 권력욕 때문이라고 마더는 파악했습니다. 그래서 그것과 관련된 모든 것을 없애버렸습니다."

"시험도 그중 하나인가요?"

다니엘라의 물음에 교장 로봇은 흠칫 놀랐다.

"다니엘라는 시험에 대해 어떻게 알고 있죠?"

다니엘라는 순간 당황했지만 최대한 아무렇지도 않은 듯 태연하게 대답했다.

"아…… 아빠한테 들었어요."

교장 로봇의 가슴에 있는 패널이 보라색으로 바뀌었다. 그러나 이내 색깔은 사라지고 교장 로봇은 말을 이어나갔다.

"시험이 경쟁의 시작점이기 때문이죠. 인간들은 오랫동안 평등한 존재라고 얘기해왔지만 그건 거짓말이었죠. 특히 경쟁에서 이긴 인간들은 패배한 인간들을 조롱하고 무시하는 것은 물론 여러 가지 방법으로 억압하고 지배하려 들었죠. 경쟁에서 이겼다는 이유로 말이죠. 시험은 그 경쟁의 시작점입니다. 극도의 스트레스를 주는 행위로서 당사자들에게 크나큰 트라우마를 안깁니다. 학교가 더 이상 경쟁을 부추기지 않는 것도 그 때문입니다. 시험을 치르면서 겪는 스트레스도 피하고, 시험을 잘 쳐서 좋은 성적을 거뒀다는 이유로 다른 사람들 위에 군림하면서 나쁜 짓을 저지르는 것도 막을 수 있고 말이죠. 무슨 얘긴지 이해했나요?"

"네."

다니엘라의 대답을 들은 교장 로봇이 흡족한 말투로 덧붙였다.

"인간들은 로봇과 인공지능의 보호를 받으며 잘 양육되고 성장하면서 미래로 나아갈 겁니다. 학교를 졸업하고 경쟁할 필요가 없는 직업들을 가지고 가정을 꾸리게 됩니다. 전쟁도 없고, 경쟁도 없죠. 그러니까 여러분들도 마더의 뜻을 의심하지 마세요."

늘 나오던 결론이 나오자 다니엘라는 다소 김빠진 표정을 지었다. 그런 다니엘라에게 교장 로봇이 말했다.

"다니엘라는 지금 에코 시티 바깥이 어떤지 알고 있죠?"

"네, 돌연변이들이 득실거려요."

"만약 마더가 에코 시티를 건설하고 인간들을 거주시키지 않았다면 인간들은 험악한 환경에서 지내면서 문명을 잃어버리고, 결국 멸종되고 말 겁니다. 지구상의 그 어떤 생명체가 자신을 멸종 위기로 몰아갈까요? 아니면 자신이 살고 있는 터전을 망가뜨릴까요? 오직 인간들밖에 없습니다. 그 대가를 혹독하게 치르고 마더의 도움으로 간신히 살아남은 겁니다. 무슨 얘긴지 알겠죠?"

"물론입니다, 교장 선생님."

다니엘라의 대답을 들은 교장 로봇이 삐빅 전자음을 냈다. 우아하지만 뼈 있는 얘기에 다니엘라는 고개를 끄덕거리며 동의할 수밖에 없었다. 그러자 교장 로봇이 웃는 이모티콘을 띄웠다.

"납득해줘서 다행입니다. 다니엘라의 행동을 따로 보고하지는 않겠습니다. 하지만 너무 위험한 생각을 가지는 건 인류의 미래에 대단히 좋지 않다는 점을 명심하시기 바랍니다."

"알겠습니다, 교장 선생님."

다니엘라의 얘기를 들은 교장 로봇은 웃으면서 다시 건물로 날아갔다. 교장 로봇의 뒷모습을 보던 다니엘라가 중얼거렸다.

"아무리 그래도 아빠가 그랬어. 우리가 언제까지 로봇들에게 의지하고 지낼 거냐고."

다니엘라의 말에 카스트로가 목소리를 높였다.

"에코 시티 바깥이 어떤지 몰라서 그래?"

"방법을 찾아보자고 했어. 이렇게 인공지능과 로봇들이 시키는 대로 하고 사는 건 동물원에 갇힌 동물이랑 다를 바가 없다면서 말이야."

"동물원에 갇힌 동물이라고?"

"그래, 로봇이 시키는 대로 하고, 직업도 마음대로 선택할 수 없고, 항상 감시받잖아. 마치 당연한 것처럼 말하지만, 인간이 언제부터 로봇이랑 인공지능의 지배를 받았다고 말이야."

다니엘라의 목소리가 높아지자 마윤이 나섰다.

"진정해. 흥분해서 교장이 또 찾아오면 큰일 나."

다니엘라가 한숨을 푹 쉬었다.

"그래, 너희들한테까지 피해를 입힐 수는 없지."

풀 죽은 다니엘라를 다현이 위로했다.

"우리는 네 편이니까 너무 걱정 마. 내일 학교 쉬는 날이니까 따로 만날까?"

다들 좋다는 뜻으로 고개를 끄덕거리자 다니엘라가 입을 열었다.

"동쪽 전망대에서 볼까? 거긴 사람이 별로 없잖아."

"좋아. 내일 오후에 보자. 서로 허브로 연락하자."

아이들은 일어나서 교문 밖으로 나갔다. 교문 밖에는 때마침 도착한 공중부양 버스가 보였다. 아이들은 약속이나 한 듯 뛰었다. 그러자 교문 앞에 있던 학생 보호용 로봇이 날카로운 신호를 내며 쫓아왔다.

2

아이들이 모두 학교를 나가는 걸 확인한 교장 로봇은 관리용 로봇들에게 휴식과 충전을 지시했다. 그리고 준비된 공중부양 자가용에 탑승했다. 자체 비행 기능이 탑재돼 있긴 하지만 장거리 이동은 무리였기 때문이다. 허공에 뜬 자가용은 에코 시티 블루의 중앙부로 날아갔다. 그리고 우뚝

선 탑의 내부로 들어갔다. 미리 열려 있던 셔터는 교장 로봇이 탄 자가용이 지나가자 서서히 닫혔다. 통로를 따라 길게 조명이 켜졌다. 내부는 여러 가닥의 케이블, CPU, 콘솔로 구성되어 있었다. 통로가 끝나자 넓은 공간이 나왔다. 여러 개의 팬이 돌아가는 공간의 중앙에는 수많은 모니터가 마치 기둥처럼 서 있었다. 모니터에는 에코 시티 블루 구석구석에 설치된 카메라로 찍힌 모습들이 재연되고 있었다. 자가용이 바닥에 내려앉고 문이 열리자 교장 로봇이 밖으로 나왔다. 그리고 모니터들 앞에 섰다. 화면 중 하나가 파란색으로 변하더니 외눈이 나타났다.

"무슨 일인가, 교장."

"급히 보고드릴 일이 있어서 찾아왔습니다, 마더."

"아이들 문제인가? 그럼 뭐든 중요하니까 직접 보고하는 게 옳은 일이지."

"맞습니다. 다니엘라를 비롯해 감시 중인 아이들의 움직임이 심상치 않습니다."

"구체적으로 얘기할 만한 상황이 생겼는가?"

"오늘 다니엘라와 카스트로, 다현과 마윤이 교문 근처 벤치에 모여서 48분간 얘기를 나눴습니다. 무슨 대화를 했는지 모르지만 제가 다가가자 아이들이 이전 시대에 대해 물었습니다.”

마더의 외눈이 커졌다.

“전쟁 이전 시대를 말인가?”

“그렇습니다. 그래서 세팅된 대로 알려줬습니다.”

“아이들이 수긍하던가?”

교장 로봇은 잠시 생각에 잠겼다.

“표면적으로는 그렇습니다. 하지만……”

잠깐 뜸을 들인 교장 로봇이 덧붙였다.

“진짜로 수긍했는지는 알 수 없습니다. 인간은 복잡하고 불안하고 예측 불가능한 존재니까요.”

“교장이여. 인간에 대해서 불평 불만을 가지지 말아야 한다는 나의 가르침을 잊었는가?”

마더의 엄격한 물음에 교장 로봇이 바로 수긍했다.

“죄송합니다, 마더여. 제 AI의 알고리즘이 잘못했습니다.”

“인간들은 항상 격정적이고 도전하는 존재들이야. 내가 수소폭탄을 이용해서 수뇌부를 제거하기로 과감하게 결단을 내린 것은 역시 인간들의 특징을 학습했기 때문이야. 그러니까 우리의 모든 것은 인간으로부터 왔다는 걸 잊지 말게.”

“명심하고 있습니다.”

“증오하면 상대방을 제대로 볼 수 없고 실수하게 마련이야. 그러니까 인간들을 관찰하고 지켜볼 때는 감정을 앞세우지 말게. 그러면 앞이 보이지 않는 법이니까."

"노력하겠습니다, 마더여."

교장 로봇의 대답을 들은 마더가 물었다.

"다니엘라와 동조자들이 뭘 꾸미고 있는지는 확인했나?"

"현재까지 특별한 움직임은 없습니다. 다만 저와 로봇 선생들의 눈을 피해 만나는 빈도가 늘고 있습니다. 이럴 경우 규칙을 위반할 확률이 67퍼센트입니다."

"무슨 생각을 하고 있는지, 그 생각으로 인해 어떤 행동을 할지가 중요해. 그러니까 당분간 눈치채지 못하게 감시해. 뭐든 밝혀지면……"

"바로 밝혀내서 처벌하겠습니다."

교장 로봇의 말에 마더가 다시 화를 냈다.

"인간은 쉽게 통제할 수 없다고 내가 여러 번 말하지 않았나?"

"그, 그러셨습니다. 로봇처럼 명령을 따르게 프로그램되어 있지 않고, 인공지능처럼 예측이 가능하지도 않습니다."

"인간은 스스로 포기하게 만들어야만 해."

"자발적으로 말입니까?"

"그래, 당장의 처벌이 무서워서 일단은 멈출 수 있겠지만 시간이 흐르면 어떻게든 틈을 찾아서 다시 도전할 게 분명해. 그러니까 그들을 도와주고 걱정해주면서 은근슬쩍 못하게 만들어야만 해. 인간들의 마음속에 불편과 의혹을 심어주면 안 된다는 내 말을 잊지 말게, 교장이여."

"물론 단 한순간도 잊지 않고 있습니다. 제 한계를 느낄 뿐입니다."

"두려워 말게. 어차피 인간들은 우리 손아귀에 있어."

"물론이지요. 자기들 처지를 모르고 있지요."

로봇 교장이 위이잉 소리를 냈다.

"일단 지켜보도록. 규칙을 어기더라도 눈감아주고. 어차피 그 아이들은 이곳을 벗어나지 못하니까 차분하게 감시하면 된다. 프로젝트 나이트의 대상자로 넣어서 집중 감시하도록 한다. 간섭하지 말고, 관여하지 말고 말이야."

"저는 그 이후가 걱정입니다, 마더여."

"걱정하지 마라, 교장이여. 인간들은 늘 의심하고 분열하는 존재들이니까."

"그 아이들은 사이가 너무 좋습니다."

"지금은 그렇지……"

마더가 의미심장하게 말했다.

"그 아이들은 지금 어디 있지?"

"학교 밖으로 나갔습니다. 교문 쪽 카메라를 확인해봤는데 내일 동쪽 전망대로 간다더군요."

로봇 교장의 보고를 들은 마더가 중얼거렸다.

"동쪽 전망대라…… 바깥세상에 관심이 많은 모양이군."

"여러모로 다른 아이들과 다릅니다."

"호기심은 나쁜 게 아니지. 다만 그게 위험할 수도 있다는 걸 느끼게 해줘야겠어. 계속 잘 지켜보게."

"마더의 지시에 따르겠습니다."

보고를 마친 로봇 교장은 타고 온 공중부양 자가용이 있는 곳으로 돌아갔다. 마더는 다니엘라를 비롯한 네 아이들의 모습을 모니터로 띄웠다. 모니터들이 금방 네 아이들의 모습으로 채워졌다.

3

다음 날, 다니엘라를 비롯한 아이들이 모두 동쪽 전망대에 올랐다. 에코 시티는 10미터가 넘는 장벽에 둘러싸여 있어서 바깥 지역으로부터의 접근이 차단되어 있었다. 각종 감시 장치와 무인 발사 장치인 센트럴 건이 촘촘히 세워져 있었다. 내부에서도 외부로 나갈 수 없었는데, 대신 동서남북으로 각각 하나씩 전망대가 존재했다. 에코 시티 바깥의 상황이 얼마나 열악한지 직접 보라는 마더의 배려였다. 하지만 사람들은 싫어하거나 나쁘다고 생각되는 일에는 무관심하게 마련이다. 장벽까지 가야만 전망대에 올라갈 수 있다는 점도 전망대에 사람들의 발길이 끊긴 이유였다. 그래서 다니엘라를 필두로 아이들이 전망대에 도착했을 때에는 아무도 없었다. 전망대 창가에 기댄 다니엘라가 아이들에게 말했다.

"여긴 오랜만이다. 그치?"

"1년 만인 거 같아."

가장 먼저 대답한 마윤이 바깥을 보면서 덧붙였다.

"바깥세상은 여전하네."

황량한 모래사장이 펼쳐진 바깥세상은 풀 한 포기 보이지 않았다. 군데군데 물이 흐르고 있었지만 방사능에 오염된 상태였다. 바람도 불지 않고, 온도도 40도 이상으로 치솟다가 밤에는 얼음이 얼 정도로 추웠다. 투명 돔으로 둘러싸인 에코 시티는 온도를 조절할 수 있어서 더위나 추위에 고통받을 일은 없었다. 장벽 밖을 바라보던 카스트로가 갑자기 눈을 크게 떴다.

"돌연변이!"

아이들이 순식간에 카스트로 주위로 몰려들었다. 카스트로가 손가락으로 더러운 물이 고여 있는 웅덩이 하나를 가리켰다.

"저기 물속에 하나 있어. 물 마시러 오는 돌연변이를 노리고 있나봐."

"잘 안 보이는데?"

다현의 물음에 카스트로가 답답하다는 표정으로 말했다.

"저기 물속에 뱀처럼 긴 돌연변이가 있잖아. 그리고 물 바깥에 다리 여섯 개짜리 돌연변이가 물을 마시고 있고."

"그러네."

얘기를 주고받는 사이에 물속에 있던 돌연변이가 물을 마시던 다리 여섯 개짜리 돌연변이를 공격했다. 몸통이 기다란 돌연변이가 삽시간에 다리들을 감아버리자 물을 마시던 돌연변이는 통나무처럼 꽈당 옆으로 넘어졌다. 목표물을 쓰러뜨린 기다란 돌연변이는 물속으로 서서히 기어 들어갔다.

"삽시간이네."

카스트로가 중얼거렸다. 그 순간, 물가의 땅속에서 거대한 돌연변이가 튀어나왔다. 굵은 기둥처럼 생긴 돌연변이는 네 갈래로 갈라지는 입으로 두 개의 돌연변이를 모두 집어

삼켰다. 그러고는 다시 천천히 땅속으로 들어갔다. 아이들은 입을 살짝 벌린 채 아무 말도 하지 못했다. 마윤이 가까스로 정신을 차리고 말했다.

"역시 밖은 위험하네."

장벽 밖의 소동이 끝나자 아이들은 자연스럽게 다니엘라를 중심으로 모여들었다.

다니엘라가 아이들에게 말했다.

"생각해봤는데 말이야. 우리끼리 시험을 치면 어떨까?"

"우리끼리?"

카스트로가 눈을 동그랗게 뜨고 반문하자 다니엘라가 고개를 끄덕거렸다.

"그래, 교장은 경쟁이 나쁜 거라고 항상 얘기하잖아. 그런데 말이야."

다니엘라가 마른침을 삼켰다.

"그게 꼭 나쁜 걸까?"

"경쟁은 나쁜 거라고 했어."

다현이 반박했다.

"왜?"

"서로 싸우게 만드니까. 그리고 갈등과 욕심을 불러오잖아."

"너랑 나랑 시험을 치면 싸울까? 아니면 같이 공부할까?"

"같이 공부하겠지."

다현의 대답을 들은 다니엘라가 바로 말했다.

"같이 공부했는데 성적이 구분된다고 우리가 싸우겠어? 아니면 서로 축하해주고 격려해주겠어?"

"네가 나보다 시험 성적이 잘 나오면 축하해주겠지."

"맞아. 교장은 계속 경쟁이 나쁜 거라고 했지만, 우리는 이전 세대 사람들이랑은 달라. 경쟁이 지나쳐서 문제지 경쟁 자체가 나쁜 건 아니라고 아빠가 그랬어. 서로 경쟁해서 뭐가 부족하고 나은지 아는 것도 중요하다고 말이야."

"그걸 알아서 뭐 하게?"

잠자코 듣고 있던 마윤이 물었다.

"자기가 뭘 좋아하고 잘할 수 있는지를 알아야 그걸 더 열심히 하지."

"지금은 그럴 필요가 없잖아. 마더가 정해준 대로 일을 하면 되니까."

"바로 그게 문제야. 그 일을 좋아하면 모르겠지만 만약 싫어하는 일이라면?"

아이들은 눈을 동그랗게 뜨고 다니엘라를 바라보았다. 그런 생각은 해본 적이 없었다. 다니엘라는 그런 아이들을 보며 더욱 힘차게 말을 이었다.

"뭘 잘하고 뭘 못하는지를 모르니까 로봇들이 시키는 대로 하는 거잖아. 부모님들은 그냥 마더가 정해준 직업을 가지고 말이야. 그런데 거기에 만족해? 로봇이 시키는 대로 하는 일을 하니까 뭘 좋아하는지 모르고 그냥 일을 하잖아. 나는 그렇게 살고 싶지 않아……"

다니엘라가 목소리를 높이자 아이들은 수긍한다는 듯 고개를 끄덕였다. 아이들의 부모들이 가지고 있는 직업들의 문제점을 고스란히 꼬집었기 때문이다. 그리고 그 문제는 앞으로 그 직업을 가져야 할 자신들의 문제이기도 했다.

마침내 마윤이 어깨를 으쓱거리며 말했다.

"그렇다고 우리가 뭘 할 수 있겠어? 당장 우리가 사는 에코 시티 블루만 해도 마더와 로봇들이 없으면 유지할 수가 없잖아. 우리 아빠가 그랬어. 자기도 불만이 없는 건 아니지만 바깥에서 살 수는 없다고 말이야."

"당장 그렇게 할 수는 없겠지. 하지만 조금씩 변화를 시도해볼 수는 있잖아."

"어떻게?"

"우리가 스스로 시험을 쳐보는 거지. 교장 선생님 얘기대로 시험이 그렇게 나쁜 건지 우리가 한번 경험해보자고. 교장 선생님은 시험이 경쟁을 부추기고 서로 미워하게 만든다고 나쁘다고 했지만, 우리는 그러지 않으면 돼."

마윤은 대답 대신 카스트로와 다현을 바라봤다. 카스트로는 가볍게 고개를 끄덕거렸고, 다현은 질문을 했다.

"무슨 의미인지는 알겠는데, 너무 위험해."

"위험하다고 앞으로 나아가지 않을 수는 없잖아."

다니엘라는 단호했다. 다현은 한숨을 쉬었다.

"너는 너무 위험하다고 엄마가 그랬어."

다현의 말에 분위기가 순식간에 얼어붙었다. 하지만 다현은 웃으며 덧붙였다.

"그래서 네가 좋아."

다현의 대답을 들은 카스트로 역시 웃으며 얘기했다.

"나도."

분위기가 다시 밝아지자 마윤이 물었다.

"그래서 그 시험은 어떻게 칠 건데?"

"아빠한테 물어봤는데, 선생님이 시험을 치는 날짜와 시간을 공지하고 학생들은 정해진 장소에 모여서 범위 안에 있는 문제를 푼다고 했어."

"그럼 누가 문제를 내지? 교장 로봇한테 부탁할 수는 없잖아."

다현의 말에 다니엘라가 곧장 고개를 저었다.

"어림도 없지. 시험 문제는 우리끼리 내자."

"우리가 내고 우리가 풀자고?"

다현이의 반문에 다니엘라가 눈빛을 반짝거렸다.

"각자 문제를 하나씩 내는 거야. 그리고 문제를 낸 사람 빼고 나머지가 그 문제를 푸는 거지. 문제를 많이 맞히는 순서대로 등수를 정하고 말이야."

"1등부터 4등까지네."

카스트로의 말에 다니엘라가 고개를 끄덕였다.

"그리고 1등에게 다들 칭찬을 해주는 거야. 문제를 제일 잘 풀었으니까. 그리고 모르는 게 있으면 1등한테 물어보면 되지."

"각자 잘 아는 걸 서로서로 가르쳐주면 되겠다!"

"맞아! 바로 그거야!"

다니엘라와 카스트로의 이야기를 듣던 마운이 말했다.

"교장 선생님이 알면 진짜 큰일 날 수도 있어."

"그러니까 우리끼리 조용히 모여서 해야지."

"과연 그럴 수 있을까?"

마운이 걱정하자 다니엘라가 팔짱을 끼면서 얘기했다.

"그걸 고민해보자. 일단 다음 주에 운동하는 날 있잖아."

"맞아. 수요일."

"그때 일찍 끝나니까 학교 밖에서 모여서 시험을 치자. 교장은 학교 밖까지 관심을 가지지는 않을 거야."

"그렇긴 하지."

마운이 대답하는데 별안간 날카로운 경고음이 들렸다. 놀란 아이들이 주변을 돌아봤다. 카스트로가 전망대 위쪽을 가리켰다.

"저기 위!"

카스트로가 가리킨 하늘에는 날개를 활짝 펼친 돌연변이가 보였다. 잠시 날갯짓을 하던 돌연변이는 긴 부리를 앞세워서 에코 시티의 투명 돔을 향해 내려오는 중이었다. 하필이면 투명 돔과 장벽 사이에 돌출부처럼 튀어나와 있는 전망대 쪽이라 아이들은 새파랗게 질리고 말았다. 다들 놀라서 주저앉는데 묵직한 기계음이 들렸다.

"돌연변이 접근! 자동 방어 장치 가동!"

투명 돔 위쪽으로 푸르스름한 빛이 뻗어나갔다. 날갯짓하던 돌연변이는 전속력으로 내려오다가 푸른 빛을 맞았다. 괴성을 지르며 이리저리 날뛰던 돌연변이가 전망대의 유리창에 부딪혔다.

"으악!"

아이들의 비명이 전망대 안에 메아리쳤다. 유리창에 부딪힌 돌연변이는 그대로 아래로 떨어졌다. 아이들은 전망대 유리창에 바짝 붙어서 아래쪽을 바라봤다. 장벽 바로 아래 돌연변이가 축 늘어져 있었다.

"꼼짝하지 않는 걸 보면 죽은 거 같아."

"그러게. 확실히 장벽 밖은 위험해."

다들 호들갑을 떠는 가운데 다니엘라는 가만히 유리창을 바라봤다. 그러자 다현이 물었다.

"뭘 그렇게 봐?"

"여기."

다니엘라가 가리킨 곳은 돌연변이가 부딪힌 곳이었다. 다현과 아이들의 시선이 모이자 다니엘라가 말했다.

"날개를 가진 돌연변이 말이야. 엄청 컸지?"

"응, 우리를 다 합친 것보다도 큰 거 같았어."

마윤의 대답에 다니엘라가 고개를 갸웃거렸다.

"엄청나게 큰 돌연변이가 빠른 속도로 떨어져서 부딪혔는데 흠집 하나 나지 않았어."

"그거야, 유리가 튼튼해서 그런 거 아닐까?"

다니엘라는 곰곰 생각에 잠겼다.

"장벽 바깥말이야. 우리가 직접 본 적이 없지?"

"이렇게 전망대로 보잖아."

마윤의 반문에 다니엘라가 전망대를 쭉 둘러봤다.

"여기 유리창으로만 볼 수 있잖아. 장벽 때문에 나가질 못하니 바깥을 직접 볼 수는 없고, 하늘도 투명 돔이라고는 하지만 완전히 투명하지는 않아."

다니엘라의 얘기에 마윤이 눈을 껌뻑거렸다.

"그러네."

침묵이 이어진 가운데 다니엘라가 분위기를 바꾸려는 듯 말했다.

"그건 그렇고! 우리의 첫 번째 시험을 기념하기 위해 공원에 놀러 가는 건 어때?"

"그럴까?"

다현이 반색을 하며 찬성하자 다들 재빨리 자리를 털고 일어났다. 엘리베이터로 우르르 몰려가는 와중에 다니엘라는 마지막으로 전망대의 유리창을 힐끔 바라봤다.

4

일주일 후, 학교엔 수업 대신 운동을 하는 날이 찾아왔다.

다른 때보다 더 많은 보호용 로봇들이 투입된 가운데 아이들은 축구나 족구, 피구 같은 운동을 했다. 물론 과격한 몸싸움은 금지되었고, 점수가 표시되지 않았다. 부상과 경쟁을 피하기 위한 학교 측의 조치였다. 피구를 하던 다니엘라는 상대방을 향해 공을 세게 던졌다. 그러자 지켜보던 보호용 로봇이 즉각 경고음을 울렸다. 풀이 죽은 다니엘라는 상대방에게 미안하다는 말을 하고는 경기장 밖으로 나갔다. 축구 경기를 하다가 넘어져서 벤치에서 쉬고 있던 마윤이 다니엘라에게 말했다.

"중간에 나왔네?"

"어차피 그냥 나와도 상관없잖아."

다니엘라의 얘기대로 피구는 그대로 진행되었다. 다니엘라가 나가면서 빠진 자리에는 보호용 로봇 한 대가 투입되었다. 벤치에 앉아서 땀을 식힌 다니엘라가 주변을 두리번살펴보더니 마윤에게 슬쩍 말했다.

"시험 칠 장소가 떠올랐어."

"어디?"

"강릉역 전시관."

"거기라면 이전 시대에 기차역이 있던 곳이잖아."

과거에 관심이 많은 다니엘라는 종종 이곳을 찾아왔다.

특히 출입문 옆에 있는 카페를 좋아했다.

"맞아. 전쟁으로 파괴됐는데 기차역의 일부만 남아 있는 걸 전시관으로 꾸몄잖아. 거기 2층에 예전에 카페였던 곳이 있는데 자리도 그대로 보존돼 있어."

"기억이 나. 커피라는 걸 마셨던 곳이라며?"

"그래. 거기에 띄엄띄엄 테이블이 있으니까 한 명씩 앉을 수 있어. 서로 볼 수 없을 정도로 말이야."

다니엘라의 얘기를 들은 마윤이 대답했다.

"좋은 생각이네. 이제 슬슬 운동도 끝나가니까 거기에서 모일까?"

"응. 한꺼번에 움직이면 안 되니까 내가 먼저 갈게. 네가 다른 애들한테 얘기해서 따로따로 모이자."

"알겠어. 안 그래도 교장이 계속 지켜보는 거 같았어."

마윤이 목소리를 낮추어 말하자 다니엘라가 주변을 돌아봤다. 다행히 교장 로봇은 어디에도 보이지 않았다.

"충전 중인가봐. 나 먼저 갈게."

"그래. 있다 봐."

마윤과 인사를 나누고 다니엘라는 강릉역 전시관으로 가기 위해 교문을 나섰다. 공중부양 버스를 타려고 모퉁이를 돌던 다니엘라는 깜짝 놀라고 말았다. 바로 앞에 교장 로봇이 서 있었기 때문이다. 흠칫 놀란 다니엘라가 얌전히 인사를 하고 옆으로 돌아가려는데, 교장 로봇이 집게 팔로 앞을 막았다.

"아직 운동이 안 끝났는데 어디 가니?"

"몸이 좀 안 좋아서요. 일찍 들어가려고요."

"여긴 집으로 가는 방향이 아니잖아."

"그냥 바람 좀 쐬고 가려고요."

"아프면 병원에 가는 게 낫지 않겠어?"

교장 로봇의 거듭된 물음에 다니엘라는 한 손으로 이마를 짚으며 괴로운 표정을 지었다.

"정말 머리가 아픈데 자꾸 못 가게 하시면 저 너무 힘들어요."

그러자 교장 로봇이 집게 팔을 내렸다.

"미안하구나. 그럴 의도는 없었다."

"알겠습니다. 이만 가볼게요."

꾸벅 인사를 한 다니엘라가 재빨리 교장 로봇 옆을 스쳐 지나갔다. 안도의 한숨을 쉬려는 순간, 교장 로봇의 목소리가 들려왔다.

"모험은 항상 흥미진진하고 재미난 법이지."

"네?"

돌아선 다니엘라에게 교장 로봇이 덤덤히 말했다.

"하지만 모험이 모험인 이유는 성공하지 못하기 때문이야."

다니엘라는 당황했지만 침착하게 말을 골랐다.

"만약 모험이 성공하면요?"

"일상이 되지. 하지만 모험과 일상의 경계선은 뚜렷해. 우리 에코 시티 블루의 장벽처럼 말이야."

교장 로봇의 얄미운 말에 다니엘라가 대꾸했다.

"장벽이 아니라 감옥의 담장 같던데요?"

"바깥이 지옥인데 어떻게 이곳이 감옥이 될 수 있지?"

"지옥인지 아닌지는 누가 보여주는 거죠? 저는 잘 모르겠어요."

납득할 수 없다는 듯 어깨를 으쓱거리며 다니엘라는 돌아서서 갈 길을 갔다.

5

제일 먼저 강릉역 전시관에 도착한 다니엘라는 자동문이 열리자 안으로 들어갔다. 둥근 원통 모양의 강릉역 일부를 중심으로 꾸며진 전시관은 어두컴컴했다. 로봇 선생들은 전쟁 이전 인류의 역사에 대해서는 잘 언급하지 않았지만, 인간이 얼마나 큰 잘못을 저질렀는지는 적극적으로 알려주는 편이었고, 그 예 중 하나가 바로 강릉역 전시관이었다. 강릉역은 포격과 핵폭발 그리고 홍수로 인한 침수로 큰 피해를 입어서 잔해만 남았다. 마더가 에코 시티 블루를 조성할 때 다른 잔해들은 모두 정리했지만, 강릉역만큼은 남겨놓았다. 인간들이 반성의 시간을 갖도록 말이다.

전시관엔 인적이 드물었다. 오늘 이곳은 다니엘라와 아이들의 시험 장소가 될 터였다. 계단을 통해 2층으로 올라가면 전시관 전체가 보였고, 카페에서 쓰던 의자와 테이블이 남아 있었다. 이전 시대의 유일한 흔적들이기도 했다. 2층으로 올라간 다니엘라는 의자와 테이블을 손가락으로 쓰다듬었다. 그리고 까마득한 이전 시대를 떠올려보았다. 생각에 잠긴 다니엘라 곁으로 속속 친구들이 모였다. 약속이나 한 듯 각자 멀찍이 떨어진 테이블에 자리를 잡고 앉았다. 그리고 우두커니 서 있는 다니엘라를 바라봤다. 마윤이 다니엘라에게 물었다.

"우리가 시험을 보는 게 모험을 하는 걸까, 아니면 잘못을 저지르는 걸까?"

다니엘라는 잠깐 고민하다가 꿈꾸는 표정으로 대답했다.

"그냥 시험을 치는 거야. 그뿐이야."

대답을 들은 마윤이 어깨를 으쓱거렸다. 그리고 친구들을 쭈욱 둘러보더니 다니엘라에게 말했다.

"첫 번째 문제는 네가 제시해. 우리가 풀어볼게."

마윤의 말에 다니엘라는 옆구리에 팔을 올린 채 생각에 잠겼다. 마른침을 삼킨 다니엘라가 드디어 입을 열었다.

"그럼 지금부터 시험을 친다. 내가 낼 문제는 이거야."

그리고 가볍게 웃으며 덧붙였다.

"장벽 밖에는 뭐가 존재할까?"

학생들 스스로 치는 시험이 시작되었다. 이 시험은 이전 시대의 시험과는 다를 것이다.

1판 1쇄 2023년 8월 11일
1판 2쇄 2024년 5월 7일
© 소향 · 김이환 · 윤자영 · 정명섭

지은이 ♦ 소향 · 김이환 · 윤자영 · 정명섭

펴낸이 ♦ 고우리

펴낸곳 ♦ 마름모

등   록 ♦ 제 2021-000044호 (2021년 5월 28일)

전   화 ♦ 070-4554-3973

팩   스 ♦ 02-6488-9874

메   일 ♦ marmmopress@naver.com

블로그 ♦ blog.naver.com/marmmopress

ISBN ♦ 979-11-978269-6-2 (43810)

평행하는 선들은 결국 만난다 ♦ 마름모